古道具屋蔦之庵の夫婦事情

著　猫屋ちゃき

マイナビ出版

CONTENTS

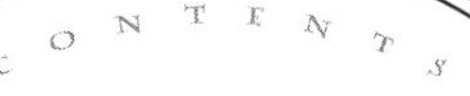

目次

CONTENTS

古道具屋 蔦之庵の夫婦事情

FURUDOUGUYA

TSUTANOAN NO FUFU ZIJOU

Nekoya Chaki

猫屋ちゃき

序章

「幸せにしてやってほしいんだ」

冬の鋭い空気が肌を刺す中、風が吹けば飛びそうな頼りない様子の男が、必死に頼み込むように頭を下げていた。

頭を下げられた青年は、困り果てていた。顔はワケあって見えないが、それでも困惑しているのが纏う空気に出てしまっている。

幸せにだなんて、何とも抽象的な言葉だ。そんなことを求められたとして、はいわかりましたと頷くことはできない。

人の手で手入れされなければ生きていかれぬ花のような雰囲気のこの男は、青年の養い親の知り合いだ。養い親と交わした約束を覚えていて、こんなふうに〝お願い〟に来ているのだ。

「あの子は居場所がないんだ。私では……あの子の居場所にはなってやれない。あの子はね、この世のどこにも自分の居場所なんてないと思っているんだよ」

儚げな美貌を陰らせて男は言う。

この容姿は得もすれば苦労もするのだろうなと思う。その点には同情するが、〃あの子〃の父としてもっと踏ん張れなかったのかとは呆れてしまう。

だが、父の不甲斐なさに振り回される〃あの子〃については、純粋に気の毒に思う。

そんな子を幸せにできるかどうかはわからないが。

「……居場所くらいなら、与えてやれんこともないだろう」

青年は、必死に頼み込む男に、諦め半分でそう返事をした。

第一章

一

雲の形と陽射しに春めいたものを感じるようになったものの、まだ朝早くは吐く息が白くなる二月。

文子は離れの廊下を掃除していた。元号を盟治から太正と改めてから数年が経ち、西洋文化もすっかり人々の生活に根付いてきたが、掃除は相変わらず箒と雑巾を使って地道にやるものだ。

特にそうしろと言われているわけではないが、掃除でもしていなければ肩身が狭い。何せつい先日、もう何軒目になるかわからない奉公先をクビになり、実家に舞い戻ってきたのだから。

どれほど真面目に働いたとて、世俗に馴染むのは難しい。努力はするものの、いつもどうしてもうまくできない。

子供のときから人ならざるものが見えてしまい、そのせいで周囲から気味悪がられるのが原因だ。

恐ろしいものが見えたために言いつけられた場所の掃除が困難を極めたり、他の人には見えない存在を人間だと思い接客していたり、文子の振る舞いは周囲から不気味に見える。

先日まで働いていた米問屋は一番長く勤められたが、主人があまりにも文子に優しくしてくれるため、奥方の不評を買ってしまい解雇された。決定打になったのは、奥方がこっそり盗んで捨てた文子の櫛を、敷地内にいた女性の幽霊の助言で見つけ出したことだ。

なぜ見つけられたのだと奥方に詰め寄られ白状してしまい、そのときに助けてくれた幽霊の容姿について言及したのがいけなかった。どうやらその女性は、かつてこの米問屋にいた奉公人だったらしい。そして、奥方がいびり殺した相手だったのだ。

文子が女性の幽霊を見たことで奥方が怯えて伏せってしまい、これ以上雇い続けられないと主人に頭を下げられた。文子の姿を見ると治るものも治らないからどうか……と。

主人に頭を下げられたのでは、従うほかない。何より、秘密を知ってなお働き続けられるほど、文子の肝は据わっていなかった。

いびり殺され幽霊になった女性は、おそらく主人が目をかけていたのだ。特別な関係にあったのだろう。主人の背後に艶っぽい姿でしなだれかかっているのを見て、理解した。

失せ物探しに付き合ってくれるような親切な幽霊であっても、やはり怖いものは怖い。そして、人ならざるものなど見えぬほうが、やはりいいのだ。働き口を失って、しみじみ感じた。

そうした理由で実家に舞い戻ってからも、文子は心休まらない日々を過ごしていた。というよりも、物心ついたときから落ち着けたためしなどない。文子は自分が〝ここにいてもいい〟という安心感を持ったことは一度もなかった。

それは人ならざるものが見えるからというのもあるが、何より実家と折り合いが悪いせいだった。

「……何かしら？」

廊下の拭き掃除をしていると、母屋が騒がしくなった。その騒々しい気配は、どうやらこちらに近づいてくる。

近づいてくる以上無関係ではいられない。だが、一体何なのだろうと身構え、次に取るべき行動を考えあぐねている間に、騒々しい気配は離れにやってきてしまった。

それは、文子にとって憂鬱な存在だった。

憂鬱は、見るも鮮やかな袴姿の女学生の姿をしている。

「み、光代さん……どうしたのですか？」

「ちょうどいいところにいたわね！　穀潰し（ごくつぶし）のあんたに朗報よ！」

文子が光代と呼んだ女学生は、その派手で愛らしい顔に意地の悪い表情を浮かべて言う。華やかな美人で名が通っている義母に似て可愛い子なのだが、この母娘に共通して言えるのは性根の悪さが顔ににじみ出ているということだ。

「朗報……新しい奉公先が見つかったのですか？」

「違う違う！　嫁ぎ先が見つかったのですって。あんたみたいな無能を雇ってくれるところを探すより、嫁にもらってくれるところを探すほうが簡単だってお父様も気づいたんじゃない？」

「そうなのですか……」

光代の顔には、愉快でたまらないという表情が浮かんでいる。そのことに、文子の心はざわりとする。

嫁ぎ先が見つかるのは、一般的には喜ばしいことだ。だが、文子の身に喜ばしいことが起きるのを、光代が喜ぶわけがない。

この四歳下の異母妹は、文子のことを目の敵（かたき）にしているのだから。

つまり、文子に来た縁談は良いものではないのだろう。

「あんたの嫁ぎ先はね、古道具屋の店主ですって。何でも、人嫌いな醜男（ぶおとこ）で、そのせいでいつもお面をつけているらしいわ」

愉快でたまらないというように、光代は甲高い声を上げて笑う。それから、そんなところに嫁がなくちゃいけないなんて可哀想だとか、でもあんたにはそういうおかしな男がお似合いだとか、上機嫌で付け足すのだ。

「お面をつけた男と、いつもお面をつけてるみたいに澄ましてるあんた、釣り合いが取れていいじゃない」

うまいことを言ったと思ったのか、光代はさらに笑みを大きくする。彼女はいつも、表情に乏しい文子が気に入らないのか、それを揶揄(やゆ)するようなことを言うのだ。

文子は澄ましているわけではなく、感情はあまり出さないようにしている。笑うのも泣くのも、自分には過ぎたことだといつしか思うようになったから。義母にあるとき言われたのだ。「お前には笑う資格も泣く資格もない」と。

それを知っているはずの光代は、笑いながら、ときに怒りながら、文子の無表情をからかう。

そんな彼女の顔を見て、文子の心はキュッと苦しくなった。

この際、嫁がなければいけないのは気にならない。その相手がお面をつけた変わり者だというのも、目をつむれる。

だが、文子が不幸になると信じて機嫌が良くなっている光代を見ていると、なぜこんなに憎悪を剥き出しにするほど嫌われなければならないのかと、暗い気持ちになるのだ。何も持たない空っぽの心でも、こんなふうに真正面から嫌われると気になるし、つらくなる。

「奉公先と違って、うまくいかなかったからって簡単に戻ってこられるわけじゃないんだからね。あんたに実家なんてないと思いなさい。今だって、お情けで置いてやってるのよ？　目障りったらありゃしないわ」

「……はい、心得ております」

光代の言っていることは大部分は正しいから、文子は反論しない。

何度も奉公先をクビになり、そのたびに実家に戻ってきて次の働き口が見つかるまで置いてもらっているから、迷惑をかけているのは事実だ。そして、ここ小柳家に婿養子に入った父の連れ子である自分には、実家などないというのも事実ではあろう。

「いいわよね、あんたは。美人だからそうやってしおらしくしてりゃ、誰かが助けてくれるもの。今だって悲しそうな顔して殊勝にして見せればいいと思ってんでしょ？」

今日の光代はかなりご機嫌だ。文子をいじめるのが止まらない。

反論せず、ただ同意してやり過ごそうとしたのが気に入らなかったのだろう。

だが、文子にとって光代は嵐だ。嵐には立ち向かうのではなく、やり過ごすのが正解である。幼いときから肩身狭く育ったため、そうするのが癖になっている。

「光代、学校に行く時間ですよ」

母屋からそんな声が聞こえたとき、文子はほっとした。光代は学校に行かなければならないから、これで解放される。

「はーい行きます、お母様。というわけだから、これであんたともお別れよ。せいぜいうまくやることね。……お面をつけた人嫌いの醜男があんたにどんなひどいことをするのかと思ったら、心配で仕方ないけど」

最後に満面の笑みで言い放って、光代は跳ねるような足取りで母屋に戻っていった。

文子が不幸になるとわかっているのが、よほど嬉しいのだろう。

朝から悪意をぶつけられて、文子の心にはどんよりと雲がかかるようだった。だが、これしきのことではもう泣かない。

「文子、こんなところにいたのだね」

気を取り直して廊下の拭き掃除をしていると、柔らかな声に呼びかけられた。

その声だけは、この世で唯一文子をほっとさせる。

「……お父さん」

文子が雑巾を手に顔を上げると、そこには父が立っていた。

相変わらず、雪柳の花のような人だなと、我が父ながら思う。涼しげで美しいが、頼りなく儚い。

華やかな義母や光代と並ぶと、この父は存在がかすんでしまうほど弱々しく見える。

実際、父は気が弱いところがある。小柳家への婿入りも、父の役者のような顔が気に入ったからと半ば押し切られた形だったと人の噂で聞いている。

「どうやら、光代が先に知らせてしまったみたいだね」

父は困った顔をして文子に問う。嫁入りの話をしているのだなとわかって、文子は頷いた。

「父さんの知り合いの、蔦野さんという古道具屋さんのところに行くんだ。二十六歳だから、文子より七つ年上だね。ワケあって面をして暮らしているが、誠実な良い青年だよ」

「……そうなのですか」

文子はてっきり、ずいぶんと年上の人のところへ嫁がされると思っていたから、七つしか違わないと聞いて驚いていた。だが、醜男だというのはどうやら本当なのかもしれない。父は光代と違い〝ワケあって〟という言葉を使ったが、お面をつけているのは間違いないようだ。

「もう先方には話がついているから、荷物をまとめて今からでも向かいなさい」

「今日、ですか？」

急すぎて、面を貼りつけていると揶揄される文子の顔にも、驚きの表情が浮かんだ。まさか今日すぐに嫁ぎ先に向かうことになるとは、思ってもみなかったのだ。

「ここに住所と行き方を書いておいたからね」

そう言って、父は文子に紙を握らせる。紙の中に何か硬いものを感じて手のひらを開くと、それは小さな巾着袋だった。口を開いて中を見なくてもわかる。それは、お金だ。どうやら父が本気らしいとわかって、文子の心はまたキュッと苦しくなる。

そんな文子と反対に、父の顔はどこか晴れやかだ。

「必ず幸せになれる。どうか元気で」

「……はい」

父はその花の顔(かんばせ)に、優しい笑みを浮かべる。それを見て文子も笑い返さねばと思ったが、できなかった。

悲しくてできなかったのもあるし、笑い方を忘れてしまっていたのもある。

そうして、何とも言えない表情を浮かべたまま、少ない荷物をまとめて文子は家を出ることになった。

（お父さんは、私を厄介払いしたかったのかしら）

路面電車を降り、地図に書かれた道を探しながら、文子は暗い気持ちでいた。

厄介払いとまではいかずとも、肩の荷が下りたと思っているのは間違いないだろう。

父が文子を大事にしてくれていたのはわかるが、重荷であったとは思う。

母が亡くなってから、父は多額の借金と残された小さな文子を抱え、本当に大変だったろうから。

まだ文子がうんと小さかったとき、母は病を患った。治療をすれば助かる見込みもあったらしいが、そのためには莫大なお金が必要だった。

父は母の薬代のためにたくさん働き、いろんなところからお金を借りたが、その甲斐もなく母は亡くなってしまった。

もともと父もそこまで体が丈夫ではなかったため無理な労働が祟って、借金を返すためにそれ以上仕事を増やすということも難しかったそうだ。

小さな文子を抱えて、父は路頭に迷った。このままでは共に野垂れ死にするか、文子を売るかというところまで追い詰められたときに、小柳家が手を差し伸べてくれたのである。

小柳家はいわゆる高利貸しで、父にお金を貸していた店のひとつだ。そのときに跡取り娘が父を見初めていて、婿に来てくれるのなら借金を肩代わりしようと申し出たそうだ。

父はそのことに深く感謝し、文子を連れて小柳家へと婿入りした。

最初から、義母には好かれていなかったが、途中まではよかったのだ。生まれたばかりの光代も、憎まれ口を覚えるまでは可愛かった。外聞が悪いからと、表向きは光代と隔てることなく大事に育てられた。

だが、七歳下の弟が生まれ、その子が流行り風邪をこじらせて死んでしまってから流れが変わった。

待望の男児であり大切な跡取りであった息子を亡くしてから、義母は豹変した。怒り狂い、「お前が代わりに死ねばよかったのに」と文子をなじった。これまで蓋をしていたものが一気に溢れ出したかのように、とめどない罵倒をされた。

そのとき、父が下手に庇ったのもいけなかったのかもしれない。「この子はあの人の忘れ形見だから、どうかひどいことをしてくれるな」と、地面に頭を擦りつけて懇願したのだ。

父に心底惚れ込んでいる義母は、それを見て傷ついたようだった。まだ子供だった文子にも、あれは傷ついた人の顔だと、はっきり理解できた。

　義母は鬼のような顔をくしゃくしゃに歪め、唇を震わせていた。その唇は何か言葉を紡ごうと何度か動かされたが、結局どんな言葉も出てこなかった。

　それ以来、文子は小柳家で使用人同然の暮らしをすることになった。外に働きに行ける歳になるまでは家に置いてやるが、それ以降は出て行けと、はっきり言われたのだ。

　父は文子がいつ義母に害されるかと、日頃から不安がるようになった。そのため十三歳になるとすぐ、働き口がないかと足繁く口入れ屋に通って、仕事を見つけてきてくれた。

　小柳家には逆らえない、だが亡き妻の忘れ形見である文子を守りたい父は、これまでずっと板挟みだったのだ。

　そのことを思えば、父が今、肩の荷を下ろしてほっとしていたとしても、文子は何も不満はなかった。

　体も気も弱い父が、今日まで守ってくれたことだけでも、感謝しなければならない。

　そう己に言い聞かせつつも、手描きの地図を頼りに知らない町を歩くのはやはり心細く、付き添いがあればなと思ってしまった。

　地図には路面電車を降り、目抜き通りを一本入ったら、あとは坂道を登っていくよう書かれていた。そこからは特に目印はなく、「古道具屋　蔦野」とあるだけだ。

今歩いているのは、幼い頃を過ごした下町の長屋があるところとも、小柳家やこれまでの勤め先があったにぎやかな住宅地とも違う。

古めかしい建物が多いが、どちらかといえば大きな家が多く建ち並んでいる。いわゆるお屋敷街と呼ばれるところなのかしらと考え、己の場違いな様子に縮こまりたくなった。

なにせ文子はほぼ着たきり雀で、今身に着けているのは、継ぎこそ当てていないがところどころ擦り切れたボロの着物だ。奉公先で親切な先輩使用人たちから譲り受けたものを再利用して着ている。どうにかギリギリ見栄えは整えているが、とてもお屋敷街を歩いていい格好ではない。

泥棒と間違われて警察に突き出されたらどうしようかとオロオロし始めたとき、本当に向かい側から制服姿の警官が二人、歩いてきてしまった。

「あ、あの……」

「お嬢さん、どうしました？」

怪しまれる前に声をかけてしまえと、文子は警官二人に近づいていった。彼らは少し驚いた顔をするも、すぐに表情を引き締めた。

「蔦野さんのお宅を探しているのですが。古道具屋さんを営んでいるという」

「ああ、蔦野さんか。それなら、このまま坂道をずっと登っていくと左手に竹垣で囲まれた家が見えてくるよ」

「墨文字で木の板に蔦之庵と書かれたものが置いてあるから、すぐにわかりますよ」

文子が不審者ではなく迷子だとわかったからか、警官たちは親切に道を教えてくれた。不審がられる前に立ち去らなくてはと、会釈をしてそそくさと歩き出す。

こんなふうに親切にしてくれる人はいるが、長く関わらないのが得策だ。

今の警官の一人の背後にも、仁王様のような怖い顔をした男の人が憑いていた。普通の人には見えないものを見ている視線に気づくと、大抵の人間はおかしいと感じるようだ。隠すのには限度があるため、深く人と関わるのを避けるしかない。

そんなふうに生きてきたから、母が亡くなってから誰かに優しくされることはなかった。父は大事にはしてくれたが、表立って文子に構うことはできなかった。

だから、嫁ぎ先ではうまくやれればいいなと思う。

せめて、〝ここにいてもいい〟という安心感を得たいと。

「……ここだ」

警官に教えてもらったとおりしばらく坂道を登ると、左手に竹垣が見えた。パッと見ただけでもそこそこ広い敷地を持っているのはわかるが、家主は頓着しない質なのか、あまり手入れはされていないようだった。

正面まで回り込んで敷地に一歩踏み入ると、わかりやすいところに『古道具　蔦之庵』と書かれた木の板が置いてあった。看板というより木の板だし、掲げるというより置いてあるという表現がしっくり来る。

古道具屋というからには商いをしているのだろうが、この佇まいからは商売っ気は感じられない。竹垣だけでなく、植木の手入れもおざなりだ。咲いて散った山茶花の花びらが、掃かれもせず株元に落ちている。花を咲かせた蠟梅の枝は、好き勝手に伸びている。

しかし、野趣溢れるこの雰囲気は、文子は嫌いではなかった。

「ごめんください。小柳家から来ました」

玄関まで行くと、引き戸を少し開けて文子は声をかけた。もう一度同じ声かけをするも、返事はなかった。

人の気配は感じられない。やはり、今日突然訪ねるのはおかしいことだったのかもしれない。

付き添いもなく、確たる約束をしているという話もなく、たったひとりでやってきたのだ。嫁ぐ話など知らないと言って突っぱねられてしまうこともあるだろう。

もう荷物をまとめて小柳家を出ているのだ。ここ蔦野家に受け入れられなかったからといって、戻る先はない。

不慣れな道を不安な気持ちで歩き続けた気疲れと、話が通っていなくて追い返されてしまうのではないかという心配から、文子のなけなしの勇気と決意がしぼんでいく。

「……ごめんくださーい」

「なんだ」

「わっ……びっくりした」

どうにか気力を振り絞って大きな声で呼びかけてみると、不意に後ろから返事をされて文子は飛び上がった。

だが、振り返ってさらに驚くことになる。

そこに立っていたのは、面をつけた長身の男だったからだ。

「……小柳家から来ました。文子です。あの、父から蔦野さんのところへ行くよう言いつかってきたのですが」

笑う前の表情で止まったかのような翁（おきな）の面を被った男に、文子は驚きながらもそう伝えた。面を被っているのだから、おそらく彼が嫁ぎ先の相手だろう。

「ああ、あんたが……茂さんから話は聞いている」

男はそれだけ言うと、引き戸を開けて家の中に入った。それから身振りで、文子にも中に入るよう伝えてくる。

男は玄関から廊下を進むと、一室の前に止まって言う。

「ここがあんたの部屋だ」

「あ、ありがとうございます」

その部屋は、簞笥と畳んだ布団が置かれているだけの、六畳の簡素な部屋だった。陽射しの入らない、狭くて少し黴臭い使用人部屋しか知らない文子からすると、極楽のようなところだ。

それだけ伝えると用は済んだとばかりに、男は黙ってどこかへ行こうとする。

「あの、蔦野さん」

「……あんたも今日から〝蔦野さん〟だろうが」

慌てて呼び止めると、男は文子を振り返って言う。面をつけているため、どんな顔をしているのかわからないが、おそらく不思議そうにしているのだろう。

「お名前は……何とお呼びしたらいいですか」

ここに来て、文子は父から嫁ぐ相手の名前すら聞いていなかったことに気がついた。

家を出るときはあまりに突然のことで動転していて、何を聞くべきなのかもわからなかったのだ。

「清志郎（せいしろう）だ。好きに呼んだらいい」

「はい」

「それから……」

ぶっきらぼうな言い方だが、まだ何か文子に伝えることがあるか考えている様子である。だが、特にないらしく、すぐに言葉は出てこなかった。

「この家の中のものは好きにしていいし、勝手に過ごしてくれていい。走り回ったり、襖（ふすま）に穴を空けて回ったりする以外はな」

「……猫の子ではありませんので、そのようなことはいたしません」

男――清志郎の言葉が冗談なのか本気なのかわからず、文子も探りながら答えた。すると、彼は何か納得したらしく「ああ、そうか」と小さく呟（つぶや）く。

「他人と暮らした経験が、秀雄（ひでお）と勝手に住み着いた猫くらいとしかなく、どちらも走り回るし襖に穴を空けるものだから、そういうものだと思っていた。あんたがそれをしないでくれるならいい。……表向きは夫婦として振る舞うが、あんたを妻として扱う気はないからそのつもりでいてくれ」

それだけ伝えると、今度こそ清志郎は家から出て行ってしまった。先ほども背後から現れたのを考えると、家の外で何かをしていたのだろう。

歓迎されていないかもしれないと感じさせるやりとりだった。だが、仕方がないだろう。

文子だって喜んでここへ来たわけではないのだ。それならば相手だって、なりゆきで文子を迎え入れることになっただけなのかもしれない。

部屋に残された文子は、他にすることもないため、ひとまず荷解きを始めた。とはいえ、あるのは小さな風呂敷包みひとつだけ。だからそれをほどいて中の着物数着を簞笥に仕舞うと片付いてしまう。

ガランとした部屋だが、少し愛着が湧いた。好きに使っていいと言って与えられた部屋があるというだけで、まず嬉しい。

小柳家でも奉公先でも、いつも間借りしている肩身の狭さがあった。それと比べれば、殺風景なだけでこんな広くてきれいな部屋を与えられているのは心持ちが違う。

「……よし」

気持ちが少し上向いたことで、何かをやろうという気力が戻ってきた。

好きに過ごしていいと言われたのだから、まずは昼食の支度に取りかかることにする。

文子にできるのは炊事と掃除くらいのもので、昼時であることを考えれば、食事を作るのがまずやるべきことだろう。

部屋を出て廊下を進んで奥の土間を見つけて、文子はほっとした。炊事場が、よく見知ったものだったからだ。

お金持ちの家では瓦斯(ガス)を引いていて、瓦斯調理器を使うのだという。バーナーと呼ばれる部分に瓦斯が通してあり、そこに燐寸(マッチ)で火をつけて使うとのことでかまどで火おこしするよりうんと便利らしいのだが、文子は怖くて仕方がない。蔦野家の台所がもしそうだったらどうしようかと思っていたのだが、ここにはまだ新しい文明はやってきていないらしい。

米と味噌、青菜とメザシを見つけたから、それを使って調理することに決めた。ぽんと置かれたメザシを見たとき、だから野良猫が勝手に居着くのだと思ったが、もしかしたらわざとなのかもしれない。

清志郎はおそらく、文子のことを勝手に居着いた野良猫と変わらない存在のように感じているのだろう。

せめて野良猫よりは役に立つ働きができることの証明に、気合いを入れて食事を作った。

米はうまく炊き上がり、青菜の味噌汁も、メザシの焼き加減もうまく仕上げられた。これを食べれば清志郎も少しは自分に価値を見出してくれるのではないかと、箱膳に並べて思った。

しかし、それを伝えた彼の反応は芳しくなかった。

「食事は一緒にとることはできん」

家の中にいないとなれば蔵だろうかと見に行ってみると、やはりそこに彼はいた。戸口に立って食事ができたと呼びかけると、出てきた彼はそう言った。

「すみません、勝手なことをしてしまいましたか……？」

勝手に過ごしてくれていいと言われたから勝手にしたのだが、食事を作ることはしてはいけなかったのかと、不安になってしまった。

その不安を感じ取ったのか、清志郎は静かに首を振る。

「いや、そういうわけではなく……人前でこの面を外すことができないんだ」

「あ……」

申し訳なさそうな雰囲気で彼がそう言って面に触れたとき、面の隙間から滲み出るように黒い靄が立ち上ったのだ。それが他の人の目にも視えるのか、文子にしか視えぬのかはわからない。だが、面が外せない事情があるのは理解できた。

「……申し訳ありません。食事は、お部屋に置いておきますので」

そう言って頭を下げて、文子は逃げるようにその場を後にした。

暗い蔵を背にして立つ清志郎の姿が怖かったのもあるが、自分が不用意に他人の秘密に触れてしまったことに居たたまれなさを感じていたのだ。

〝人嫌いの醜男で、お面で顔を隠している〟という光代からもたらされた話を、疑いもなく信じていたのが恥ずかしい。

他人に変に思われることも気にせず、面をつけて暮らしているのだ。そこに少なからず事情があるのは明白なのに、それに対する配慮がまるでなかった。

顔を隠したいと思っている人に食事とはいえ、面を外させるようなことを提案したのだ。気を悪くしても仕方がないだろう。

どうにか生きていたいだけなのに、この世界のすみっこでいいから居場所がほしいだけなのに、そのかすかな願いを叶えるためにはたくさんの人に迷惑をかけてしまうらしい。そのことが、いつも嫌だった。いっそ儚くなってしまいたいと思うのだが、これまでの人生で命の危機に瀕することもなく、また自ら命を絶つ選択もできない。

「憎らしいほど丈夫な子だね」と義母に言われたが、文子は本当に病知らずだった。何かの加護があるのではないかと思うほど。

だから、生きていかねばならないのだ。それに、病で亡くなった母や風邪をこじらせて死んでしまった小さな異母弟を思えば、どれほどつらく寂しくとも、自ら命を捨てることなどできない。

嫌われても、居場所がなくても、文子の人生は続いていくのだ。

(追い出されないのなら、いいわ)

初日からやらかしてしまって凹んだ文子だったが、昼食後に掃除をしているうちに気持ちが落ち着いて、そのあとは夕食も作った。夕方に台所へ行くと膳が下げられていて清志郎が昼食に手をつけたのがわかったからだ。

何より、食材が買い足されていて、文子が台所に立つのを彼が否定していないと理解できたのだ。

だからその翌日も、朝食を作って家の中の掃除をして、それからまた昼食を作った。

とはいえ、何人分も作るわけではない。朝多めに炊いておいた米をおにぎりにし、漬物を添えたものが今日の昼食だ。すぐに作り終えてしまい、他に何かできることはないだろうかと、母屋を出て蔵のほうへ行ってみることにした。

古道具屋だというのだから、蔵の中には道具があるだろう。それらが埃(ほこり)を被ったり傷んだりしないように、管理をしなければならない。だから何も言われていなくても、掃除くらいしなければいけないだろう。

　そう思って蔵の戸をそっと開けようとしていたところに、呼び止められた。

「おい、あんた」

「は、はいっ」

　突然背後から声をかけられたことで驚いてしまったが、振り返るとそこにいるのは当然、清志郎だった。翁面を被ったその姿はまだ見慣れないものの、人間だとわかっているため怖くはない。

　どこかに行っていたらしい彼は、何か包みを差し出してきた。

「これ、やる」

「え……？」

「食事、うまかった。だから、俺も何かやらねばと思って……女は甘いもんが好きだろ」

　どうやらそれは、お礼らしかった。包みを開けて見ると、中身はお菓子だった。あんこ玉というのだと、以前どこかで知った気がする。

「金は置いておくから、食材も好きに買い足していい」

「は、はい」

「その他にも、足りないものや欲しいものがあったら言え。金は出す」

「……ありがとうございます」

声は素っ気ないし、顔は面で隠れていて見えない。だから清志郎が何を考えているのか、はっきりとはわからない。

だが、今の彼の言葉を聞いて、彼が文子を歓迎していないわけではないと伝わってきた。少なくとも、意地悪をしようとか冷たくしようと考えているわけではないようだ。

たったそれだけのことで、文子は自分の心が緩むのを感じた。

昨日は勝手に拒絶されたと思っていたが、もしかしたら彼も他人と接するのが苦手なだけだったのかもしれない。

「あの……蔵の掃除をしようかと思っていたのですが、ここは私が立ち入っていい場所ですか？」

思いきって、文子は聞いてみた。拒絶されているのではないのなら、これからの生活のためにいろいろ聞いておきたい。まずは、蔵の扱いについてだ。

「そういえば、あんたは視えるんだったな」

「え、はい」

質問の意図がわからず、文子はとまどった。声色だけでは、彼が何を考えて尋ねているのか伝わってこない。

視えるのかという問いを投げかけるということは、清志郎は父から何か聞いているのだろうか。

「ここにはいろいろあるから、視えるのが普通だ。驚く必要はない。よほど危ないもんがあるときには注意するが、そういうのは滅多にないな」

彼はそう言うと、蔵の扉を広く開け中に入る。それから仕草で、文子にも入るよう促す。

「そこまで広くはないし、古道具だからピカピカでなけりゃならないわけじゃない。だからまあ、そう毎日しゃかりきに掃除しなくてもいい」

ゆっくり蔵の中を歩きながら、清志郎はそう説明してくれた。

灯り(あか)はともされているものの、蔵の中はほの暗い。そのほの暗い空間の中に、所狭しと道具が並んでいる。古い道具だからか、独特の雰囲気というか気配がある。

「何かいるか？　俺には基本、あんまり視えないから、何かいて困れば言ってくれ」

清志郎の言葉に、文子は心が震えていた。

これまで、人ならざるものが視えるのがつらいのだと思っていた。だが、それよりも人から冷たくされるのがつらかったのだと悟ったのである。

父から話を聞いていたにしても、気味悪がる人ならば気味悪がるだろう。しかし、どうやら彼は視える文子をそのまま受け止めてくれるらしい。

「は、はい……ありがとうございます」

ここでなら、私は生きていてもいいのかもしれない——じんわりと胸に希望が滲むのを感じながら、文子は深々と頭を下げた。

二

清志郎からはっきりと許しをもらったことで、文子は蔦野家で家事を自分の仕事にすることに決めた。

家の様子から貧しくはなさそうだが、特別裕福というわけでもないようで、使用人はいない。それならば、文子が家事を担うのが当然だろうと考えたのだ。彼は文子を妻として扱う気はないが、表向きは夫婦として振る舞うと言っていたのだから。

そう考えて、やってきて三日目の朝、文子は朝食のあと家の前の掃き掃除から始めた。やるべきことがあるというのはいい。その作業に集中している間は、自分がこの世界の端っこに引っかかっていられるという気がするのだ。

基本的に身の置きどころのなさを感じながら生きている文子も、仕事中はそれを忘れられる。幸いにして物覚えは悪くなかったとみえて、これまで転々とした奉公先で仕込まれた掃除や家事はきちんと身につけられているから、蔦野家の生活でもできることが見つからず困るということは当面なさそうだ。

一番初めに奉公に行った先で、厳しい先輩使用人に言われた言葉が文子を支えている。その先輩は「挨拶と掃除は馬鹿でもできる。それができない馬鹿以下に覚えられる仕事はないよ」と言った。これはおそらく何もできない文子を叱る言葉だったのだろうが、言われてから挨拶と掃除だけは一生懸命やるようになった。そうしたら、そのうちに他の仕事も教えてもらえるようになり、叱られながらもできることは増えていったのである。

そういうわけで、文子にとって掃除は基本だ。清志郎が頓着しないからか蔦之庵は少し手入れが必要なため、やるべきこともやりがいもありそうで腕が鳴る。

「あの……おはようございます」

掃き掃除をしていると、女性二人が自分のことをチラチラ見ているのに気がついて、文子は訝しみながらも会釈した。

そうやって盗み見られるようなことをされると居心地が悪いが、ご近所さんなら挨拶しなければと思ったのだ。

文子が自分たちに気づいたとわかると、女性たちは途端に距離を詰めてきた。その顔に浮かんでいるのは笑みで、嫌な感じはしない。

「あなたが清ちゃんのところにお嫁に来た文子さんね？」

すらりとした女性に尋ねられ、とまどいつつも文子は「はい」と頷いた。〝清ちゃん〟というのは、清志郎のことだろう。すると女性たちは、なぜだか嬉しそうに顔を見合わせる。

「こんなきれいな子がお嫁に来たのに、あの子は何にも言わないんだから！『知り合いのところの娘さんが嫁に来る』としか言わなかったのよ。信じられないわ」

「本当にそうね。大方そんなことだろうと思って、『大事にするのよ。女の子は甘いものが好きだろうから、何かお菓子を買ってあげなさい』って忠告していたのだけれど、何かもらった？」

すらりとした女性とふんわり柔らかそうな女性は、興奮したように言う。その勢いの強さにたじろぎつつも、文子は何とか「昨日、あんこ玉をいただきました」と答えた。

するとニ人は顔を見合わせ、「あんこ玉！」と同時に言う。

「そこは普通、マドレーヌとかビスケットでしょう」

「せめてキャラメルとかね」

「わかってはいたけれど、あの子は本当に気が利かないわね」

「あたしたちがおいしいお菓子の店まで教えてやらなかったのがいけなかったのかも」

二人の女性はとても仲がいいらしく、口々にそう言って笑っていた。その様子に、二人がどうやら清志郎のことに詳しいようだとわかる。

「お二人は、清志郎さんをよく知ってらっしゃるのですか？　子供のときから、とか？」

〝あの子〟という表現が気になって、文子は尋ねてみた。二人の見た目からして、おそらく三十歳をいくつか過ぎたくらいだろう。つまり、年齢的に清志郎の子供時分を知っていてもおかしくはない。

「そうなのよ。子供のときって言っても十歳くらいのときからだけどね」

「あの子の養い親の秀雄さんって人が、まあ変わり者で、悪い人じゃないんだけど子育てには本気で不向きな人で、心配であれこれ世話を焼いちゃったのよー」

「そうだったんですね」

知っている名前が出て、文子は納得した。野良猫と同じように家の中を走り回り襖に穴を空ける同居人の秀雄という人物のことが、実は気になっていたのだ。今の話で、かの人物が清志郎の養い親だとわかった。そして、子育てに不向きな人だというのも、これまで聞いた少ない情報で十二分に理解できてしまった。

「そういうわけだから、文子さんも気軽に私たちを頼ってね」

「ご近所のよしみもあるから」

文子の姿を確認し、少し言葉を交わして満足したのか、女性二人はにこやかに去っていってしまった。慌ただしかったものの決して嫌な気分ではなく、文子は会釈で二人を見送った。

二人に会ったことを報告しておくべきだろうと考え、文子は清志郎のもとへと向かった。

おそらく仕事をしているだろうと蔵を覗くと、やはりそこに彼はいた。蔵の奥にある、床から一段高いところに畳が一枚敷かれた空間があり、そこで帳簿らしきものとにらめっこしていた。

「清志郎さん、さっきご近所さんだというご婦人二人にお会いしました」

文子が声をかけると、彼は顔を上げた。ランプの灯りに照らされた翁面は不気味だが、そのうち慣れていくしかない。

「ああ、トキさんとハナさんか。細長いほうがトキさんで、丸いほうがハナさんだ。どちらもいい人だから、仲良くしてもらうといい」

「……わかりました」

清志郎に悪気はなさそうだが、女性の容貌についての表現に些か難があり、文子は頷くことがためらわれた。しかし、仲良くするといいというのは同意できるから、その部分にのみ頷いておく。

本人たちの口から聞きそびれていたため、名前を聞けたのは助かった。

「蔵の掃除はどうしましょうか？」

表の掃き掃除が終われば蔵に手をつけようかと考えていたものの、清志郎が仕事をしているのなら話は別だ。念のため声をかけると、少し考えてから彼は首を振った。

「いや、今日はいい」

「わかりました」

理由についても聞きたいところだが、あまりうるさく言ってわずらわせるのは嫌だった。だから、文子は黙って蔵を出た。

蔵の掃除がなしになったのなら、他のことをしなければならない。

（……買い物に行こうかな）

先ほどの女性たち――トキとハナの装いを思い出し、文子は自身の姿を見てふと思った。継ぎを当てていないものを見繕って着てはいるが、彼女たちと比べると少し恥ずかしくなったのだ。

ここへ来たときも感じたことだが、このあたりで暮らしていくには、文子の身なりではみすぼらしい気がする。トキもハナも華美ではなかったものの、状態の良いものを身に着けていた。それを見たら、やはりもう少し身なりに気を遣ったほうがいい気がする。働いていたときに得た給金は、ほとんど手つかずで残してある。だから、古着を買うくらいなら許されるだろうと、文子は町へと繰り出した。

しかし、何軒か古着屋を見て回ったものの、自分の中で出してもいいと思える価格と実際の価格の折り合いがつかず、悩み抜いてどうにか二着を買えただけだった。

父が母の薬代のために借金をしたのだという経緯があるからか、文子はお金がなくなるのが何となく恐ろしいことのように感じられるのだ。それに、着るものなんて着られたらそれでいいではないかと思ってしまう気持ちもある。

それを何かの折に光代に知られて、ひどく腹を立てられたことがある。「これだから生まれ持っての美人って嫌ね！　いちいち考えることや言うことが厭味ったらしいのよ！」と罵（ののし）られたが、文子にとっては病気になっても薬が買えなかったり、お腹が空いても食べるものがなかったりするほうが恐ろしいのだ。

だから、お金は無駄遣いしたくはないし、どうせ使うのなら少しでもおいしいものを食べるために使いたいと思ってしまう。

トキとハナが言っていた、マドレーヌだとかビスケットだとか言うお菓子はいくらくらいなのだろうかと、文子は考えながら帰った。あまりお菓子には馴染みがなかったが、もらったあんこ玉はおいしかったから、それよりおいしい様子のお菓子が気になる。

自分には過ぎたものかもしれないが、いつか食べてみたいものだと。

「あら、文子さん。お買い物の帰り？」

「あ、はい」

坂道を登りきったところで、どこかへ行く様子のハナに声をかけられた。

「これからご飯作りよね。何作るの？」

「アジが安かったので、それを焼こうかと」

「いいわね。清ちゃん、魚が好きだから。一人になって面倒くさくても、メザシは焼いて食べてたみたいだし」

ハナの言葉によって、一つ清志郎に関する知識が増えた。初日に台所にメザシがあったのは、彼が好きなものだったからなのだと。そして、どうやら彼は文子が来るまで一人だったのだと。

「あの……」

秀雄なる人物がどこへ行ったのか、どうなってしまったのか、尋ねてみようかと思って文子はやめた。清志郎に聞かずにハナに聞くのは筋違いだろうし、彼がわざわざ説明していないことを聞くのも憚(はばか)られる。

だが、口を開いた手前、何か言わねばならない。

「清志郎さんの好物って、他にどんなものがありますか？　できたら今後、作ってあげたいのですが」

文子が聞くと、ハナの顔がパッと華やぐ。聞かれて嬉しかったのか、文子のその質問の内容が気に入ったのか。わからないが、とても嬉しそうだ。

「魚なら何でも好きよ。でも、中でも好きなのは鮭大根かしらね」

「鮭大根……」

「作ってあげるといいわ。本当に、わかりやすく喜ぶから」

それだけ言うと、ハナは「ふふ」と笑って去っていった。

翁面をつけた清志郎がわかりやすく喜ぶという姿が思い浮かばず、文子は首を傾(かし)げる。

だが、喜ぶならば作ってあげたいと思う。何より、文子自身もその料理が気になった。

しかし眠る前になって、はたと気がついてしまった。

鮭大根が、どのような料理なのかわからないと。

ハイカラな料理は、婦人雑誌を読めば作り方が載っているかもしれない。以前、先輩たちが雑誌を見て〝卵とミルクのスープ〟なるものを作ったと言っていた。雑誌には、いつも新しい料理の作り方が載っているらしい。それを聞いたとき自分には縁のないものだと思っていたが、今になってあのとき一緒に雑誌を囲ませてもらっていればよかったと後悔した。

翌日、婦人雑誌を買えばいいだろうかと考えたが、一冊十五銭前後するのだと思い出し、やめにした。豆腐が一丁五銭で買えることを考えると、雑誌に豆腐三丁分は惜しく思えた。

だが、清志郎の好物は作ってやりたい。それに、文子自身も食べたいと感じていた。だから翌日、悩み抜いてからハナのもとを訪ねたのだった。

「文子さん、どうしたの？」

「鮭大根の作り方を、教えていただきたくて……」

材料である鮭と大根を買って帰った足で、以前教えてもらっていたハナの家を訪ねた。いきなり訪ねるのはためらわれたが、昨日「何でも聞いてね」と言われていたのを思い出し、それにすがる思いだった。

迷惑がられるかと思ったが、彼女はパッと顔を輝かせる。

「いいわよいいわよ。何なら、一緒に作りましょう。料理なんてね、人から教えてもらうのが一番いいんだから」

「ありがとうございます」

ハナに促され、文子は家へと入る。古いが、手入れが行き届いた良い家だ。落ち着かずキョロキョロする文子に、ハナは子供たちは学校に行っていて、夫も仕事に行っていると言った。ハナの夫は、大学で研究をしているらしい。

「さて、さっそく作っていきましょうかね。ちょっと工程がひと手間あるだけで、あとは普通の煮物と変わらないから難しくないわよ」

ハナに促され、文子も台所に立った。指示されながら、まずは材料を切っていく。鮭はひと口大に、大根は半月切りにする。

「大根は下茹でをしておくって人もいるけど、私はそのまま料理するわ。それよりこの料理で大事なのは、メリケン粉をはたいた鮭を、まず油で炒めておくことなの」

そう言って鍋に少し油をひくと、ハナは慣れた手つきで鮭を炒めていく。煮物の下準備で油で炒めるという工程は知らなかったから、文子は作り方を聞いてみてよかったと思った。

鮭に火が入ったら、大根も鍋に入れ、水と出汁昆布を加え煮立たせていく。そこに醤油、みりんを加え、鮭の表面に照りが出てきたら完成だ。

「……おいしそう」

「ここに生姜を加えてもおいしいんだけど、清ちゃんは生姜がちょっと苦手でね」

「覚えておきます」

ハナは鍋から洒落た角鉢に出来上がった鮭大根を盛り付けると、笑顔でそれを手渡してくれた。ご厚意に甘えて一緒に作ってもらってしまったが、本当は作り方を聞いて帰るつもりだったから、それを思い出して申し訳なくなる。

「すみません……お時間を取らせてしまって」

「いいのよ、文子さん。女の手仕事は、女から教わるものだもの。文子さんのすぐ近くにいるあたしが教えるのが当然のことだから、もっと頼ってちょうだい」

角鉢を持つ手の上から彼女の手を重ねられ、またしても文子の心はくすぐったくなった。それは嫌な感覚ではない。

「文子さんに先にお料理教えたって聞いたら、トキさん拗ねちゃうかしら。あ、トキさんは旦那さんが道場で師範をしていてね、そのせいなのか繕いものがしょっちゅうあって、針仕事が得意よ。お針を習うならトキさんね」

「わかりました」

ハナの口ぶりから、また何かものを教わりに来てもいいのだとわかる。

おいしそうな夕飯の品ができたことと、ハナの優しさに触れて、文子の心は温かくなっていた。この前まで職をなくして小柳家で居心地悪く過ごしていたというのに。

嫁いできて数日で、文子の世界はガラリと変わった。

変わったことといえば、食生活もそうだ。

「……おいしい」

夕飯時、文子はひとり台所で食事をしていた。清志郎のものは部屋に運んでいるが、一緒に食べることはできないため、こうして台所でひとりで食べている。奉公先ではまかないを手の空いた者から順に食べていくようなこともあったから、どっかり腰を据えて食事ができないことには慣れていた。

今日の夕飯は、ハナと一緒に作った鮭大根と、大根葉の味噌汁、それから残った大根で作った膾(なます)だ。鮭大根をひと口食べて、文子はその味に頰を緩ませていた。

これはなるほどおいしいものだと、嚙み締めながら白米を口に運ぶ。一度油で炒めてから味つけしているからか、しっかり出汁や醬油が利いて米が進む味に仕上がっている。

まかないは、漬物に味噌汁がつけばいいほうで、硬くなった米に漬物を載せてお茶を注いだものを流し込むようにして食べることも珍しくなかった。だから、こうして一汁一菜の食事ができていることが、文子は幸せでたまらない。ここに来て、食事が楽しみになっている。

「おい、あんた」

「え、はい」

食後のお茶を飲みながら幸せに浸っていると、いつもより急いだ気配で清志郎がやってきた。何かしてしまったかと、文子は身構える。

「夕飯」

「はい」

「うまかった」

「あ……よかったです」

清志郎の言葉があまりに少なすぎるため、すぐには何を言われているのかわからなかった。だが、彼が慌てた様子でわざわざ夕飯の感想を伝えに来たのだとわかると、途端におかしくなってきてしまう。

これがハナが言っていた、わかりやすく喜ぶということなのかと。

「鮭大根、清志郎さんの好物だとハナさんからうかがって、それで作り方を教えてもらいながら一緒に作ったんです」

こんなに喜んでもらってあれだが、自分の手柄ではないと伝えねばならないと、文子は打ち明けた。すると、清志郎は「ああ」と納得した声を出す。

「ハナさんもトキさんも、おせっかいなおっかさんみたいな人たちだからな」

少し照れが滲む声で清志郎は言った。決して悪い意味で言っているわけではないのだろうが、またしても言葉選びが良くない。本人たちはあなたの姉様のつもりでいますよと、文子は内心冷や汗をかいた。

「あの、それ……ご本人の耳には入れないほうがいいですよ」

文子が迷いつつも忠告すると、清志郎には意味が伝わらないらしかった。翁面がキョトンとして見える。

彼もまた、文子と同じように世間知らずなところがあるのだろう。養い親が野良猫のような人だったと聞けば、それも仕方がないことだ。

しかし、彼のことを文子は気に入りつつあった。彼には悪意がない。文子に興味がないからかもしれないが、一緒に過ごす相手から悪意を向けられないというのは、これほどまでに居心地がいいのだ。

「鮭大根の他に、好物はありますか？　勉強しながらですが、作りたいと思います」

「好物か……聞かれると思い浮かばないものだな」

文子が尋ねると、清志郎は考え込む仕草をした。作り込まれた翁面は、そうして少し顔を伏せると何やら思案顔に見える。彼は顔の黒靄(くろもや)を隠すためにつけているのだろうが、そうして見るとなるほど実用に適(かな)っているのだと思わせられる。

「何か思いついたら、教えてください。それで、あの……お料理の作り方が載っているという婦人雑誌を買いたいのですが、構いませんか？」

清志郎が答えに困っているのがわかって、文子はそう申し出てみた。婦人雑誌が欲しいのも本音だし、そこに役立つ作り方が載っているというのも理由だ。

「雑誌？　構わんぞ。あ、それなら確か蔵にいいものがある」

文子の言葉に何かを思い出したのか、清志郎はそう言って台所から出て行く。これはついて来いということなのだなと思い、文子もあとに続いた。

冬が終わりに近づき、昼は長くなってきている。だがやはり、夕飯時になれば昼間とは違って外は暗く、蔵も静けさの中に佇んでいる。

ここに入るのか……と文子がためらうのにも気づかず、清志郎は扉を開けて中に入り、ランプの一つに燐寸で火をつけた。

「古道具屋だっていうのに、たまに古雑誌や新聞なんかを持ち込むやつがいるんだ。まあ、風呂の焚き付けにでも使えばいいかと取っておいたんだが、よかったらこれも読むといい」

そう言って彼が差し出したのは、紐でくくられた雑誌の束だ。見ると、数種類ある。読まなくなった人にとってはただの古紙かもしれないが、文子にとってそれは宝だ。嬉しくなって、そっと胸に抱いた。

「ここの作業場……こんなふうになっていたのですね」

実はまだ蔵の中をよく見て回ってはいなかったため、畳敷きの奥の空間を改めてまじまじと見て、文子は感心していた。

そこは文机に小抽斗に長椅子にと、ちょっと寛いで何かするような空間作りがされていた。これなら蔵に長く入り浸ることもできるなと、文子は納得する。

「ここはな、秀雄のお気に入りだったんだ。あの人は根っからの古道具好きで、古道具の騒がしい気配と一緒に寝たいとか言って、ここに布団を持ち込んで本当に寝ることもあったんだ」

清志郎はそう言ってから、「俺はこんなところで寝ない」と言い添える。

またしても、秀雄なる人物の奇人変人な逸話が追加された。だが、清志郎がそれを話すとき、少し声が柔らかくなるのに文子は気がついた。

「あの、秀雄さんは今……」

今ならば聞けるだろうかと、文子は思いきって尋ねてみた。清志郎が秘密にしたがるなら聞かないが、もし嫌でないのなら聞いてみたい。

「俺はな、死んだと思ってる」

彼の静かな声に、ああ、やっぱり……と文子は思う。だが、それにしても不思議な言い方だ。

「湯治に行ったきり、帰ってこないんだよ。もう十年近くになる。もともと旅好きで、ふらりといなくなることは多かったが、それでも旅先から手紙を寄越してくる人だった。送りつけられるほうの気も知らず、時々妙な置き物を送ってくるようなこともあった。今はそれすらないんだ。だから、たぶん死んだんだろう」

彼の声にこもるのは、悲しみともあきらめともつかない感情のようだ。

養い親だというのだから、彼にとって秀雄は父のようなものだろう。自分の父が旅に出ると行ったきり音沙汰なく十年が過ぎたとしたら、どんな気持ちになるだろうか。

文子は想像してみて、胸の中が落ち着かなくなった。悲しくてつらいが、きっと泣くこともできない。そして、最初は帰ってくると待ち続けられた気持ちも、時間とともにすり減っていく。そしていつしか、あきらめるしかなくなるのだ。

「……何だか、猫のような人ですね」

お悔やみも励ましも、何だか違うと文子は思った。だから、秀雄に対しての素直な感想を口にした。するとそれは清志郎の気に入るものだったらしく、翁面の向こうから噴き出すような声がした。

「ああ、本当に……野良猫みたいというか、野良猫以下というか。自由気ままで子供みたいだと言えば聞こえはいいが、変人で永遠の悪餓鬼だ。だが、間違いなく善人だった」

その言葉だけで、清志郎が秀雄を好きだったのだとわかる。彼は遠くを見るように、壁にかかった掛け軸を見ていた。

「その掛け軸は……？」

文子の目には、それは真っ白の紙にしか見えない。掛け軸の体をなしているが、何も描かれていないように見える。

「これはな、見た人が強く思い描く場所が浮かび上がる掛け軸らしい。といっても、秀雄が言っていただけで、俺にはただの風景が描かれたもんにしか見えないんだがな」

「強く思い描く場所……」

「まあ、好きな場所とかお気に入りの場所とかってことかな。あんたには何か見えるか？」

「……いいえ、何も」

清志郎には何か見えているということは、ここには絵が描かれているのだろう。それが文子に見えないということは、秀雄が言ったこの掛け軸の性質によるものなのか。

（つまり……私の中には、何もないってこと）

改めて自分の空虚さを突きつけられるようで、文子は嫌になった。

しかし、清志郎はそうは思わなかったらしい。

「そんなことがあるんだな……じゃあ、これから何か好きな場所が見つかれば、あんたはこの掛け軸の中にそれを見ることになるんだ。いいなあ」

彼は楽しみなことを見つけたとでもいうように、明るい声で言った。それを聞いて、曇りかけた文子の心がかすかに晴れる。

「そうか……俺はずっと、秀雄に担がれてるとばかり思っていたが、見る人によって差があるってことは、嘘じゃなかったんだな。だったら、あんたにもいつか〝ここは〟って場所ができたら見られるんだろうな」

「そう、ですね……」

清志郎があまりにも明るく言うものだから、文子はもう暗く考えるのをやめにした。

今何も持たないだけで、それは決して未来永劫、何も持たないということではきっとない。

彼の言葉は、そんなことを文子に思わせてくれた。

三

文子が蔦野家にやってきて半月ほどが過ぎた。

清志郎との関係は〝顔見知り〟という感じで、家の中で顔を合わせれば少し会話はするが、積極的に時間を取って話をするということはない。かといって険悪なこともなく、不思議な同居生活を送っている。

妻として扱う気はないという宣言は、どうやら本当のようだった。食事の感想や、「少し出かけてくる」という簡単な会話はあるから、無視をされているというわけではないのだ。

文子はむしろ、ご近所のトキやハナとのほうがいろいろ話し込んでいる。婦人雑誌の話をすると大いに盛り上がり、どの号に載っていた料理がおいしかっただとか、気になる広告があっただとか、そんな話をするのだ。

そして二人は、先輩主婦として、清志郎の姉分として、いろいろ教えてくれる。〝清ちゃんのお嫁さん〟として扱われることはむず痒くて座りが悪いが、表向きは夫婦として振る舞うと言われている以上、否定するわけにもいかない。

というわけで、文子は実家にいたときのような居心地の悪さもなく、奉公に行っていたときのように仕事に追われることもなく、食事も満足に三食いただけるという夢のような生活を送っている。

父から嫁ぐよう言われたときは突然のことで驚いたし悲しかったが、「必ず幸せになれる」と言って送り出してくれたことに嘘はなかったと今ならわかる。

気になることがあるとすれば、なぜあんなに急いで小柳家を出されたのかだが、気にしても仕方がないことなのだろう。

何はともあれ、文子は新しい暮らしに馴染みつつあった。

そんなある日のこと。

「ごめんください」

文子が自室で繕いものをしていると、玄関で呼ばう声がした。独特の訛(なま)りのある若い男性の声に、文子は来客の予定があったのだろうかと首を傾げる。

「はい」

戸口を開けて応じると、そこにいたのは着物を洒落た様子で着たひとりの青年だった。

山高帽を被り、捲りあげた縞の着物の裾からはズボンとブーツが覗いている。羽織りをその上から着ているが、それでは寒いのかブルブル震えていた。まだ春のポカポカ陽気にはほど遠いが、三月に入って寒さはかなり和らいでいるというのに。

「あ、別嬪さんや！　これが噂に聞いた清志郎はんの嫁さんかぁ」

「……どちらさまでしょうか？」

「戸田です。戸田や言うたら伝わりますんで、早よ上がらせてください」

「え、ちょっと……清志郎さ……主人は今外出中なので、勝手に上がっていただくのは」

「ええから、ええから」

男は名乗るや否や、文子の制止をふりきり、ブーツを脱いで家に上がり込んでしまった。そのブーツをきちんと揃えるあたり行儀はいいのだろうが、勝手に上がり込んで当然のように奥まで歩いていくその姿は傍若無人そのものだ。

「熱ぅいお茶をくださいな。寒うて寒うて。僕が凍えて死んだら清志郎はんも悲しがるんで、頼んます」

「はぁ……」

戸田は応接間にどっかり座り込むと、笑顔で文子を促す。その独特の訛りに何となく急かされているような感じを覚え、仕方なくお茶の用意をした。

「どうぞ」

「おおきに」

文子がお茶を持っていくと、戸田がじっと見ていた。糸目の、何だかにやけた顔の男だなと思う。何かに似ていると思ったら、それは縁日で売られている狐の面だ。

「あかんよ。別嬪さんにそないにじっと見られたら、好きになってしまうわ」

「え……」

「あれやろ？　活動写真に出てる男前の俳優に似とるなぁと思って見惚れてたんやろ？　わかるわぁ。よぅ言われる」

「…………」

文子が何も言っていないのに、戸田はペラペラとしゃべる。口数が少ない清志郎と比べると、その何倍も話す。これまで周りにおしゃべりな男性がいなかったため、文子は面食らってしまった。

「お名前は何て言うん？」

「……文子です」

ひとしきりしゃべってお茶を飲んでひと息つくと、戸田はまた文子をじっと見る。

「文子ちゃん、あかんよ。さっき玄関口で『主人は留守です』言うたやろ。あんなんな、

『今家に女の私一人しかおりません』って言っとるようなもんやで」

「あ……」

にやけた狐面が、真面目な狐面になる。自称男前というだけあって、整った顔に浮かぶそういった表情は、不思議な凄みがあった。

文子は自分がとんでもない人物を家に招き入れてしまったのだろうかと、途端に恐ろしくなった。

「僕が悪い奴やったらどうするん？　文子ちゃんをひどい目に遭わせて、おまけに泥棒するかもよ？　別嬪さんやから、攫(さら)ってしまうことも考えるかもなぁ」

そんなことは考えてもみなかったため、どうしたらいいかわからなくなる。手にしているのはお茶を運んだ盆だけで、これでどうにか戦えるだろうかと考えたが、それはあまりに無謀だった。

「あ！　その盆で僕のことぶっ叩こうかと思ったんと違う？　ひどいわぁ。僕は悪い奴やないから、叩かんといてな」

「……じゃあなたは何者で、何の用事でいらしたんですか？」

じりじりと戸のほうに後退(あとずさ)りながら、文子は問う。とりあえず台所へ逃げ込むことができれば、鍋や包丁で戦えるかもしれないと考えていたのだ。

「僕は、まあ広義の意味で言えば同業者やね。今日は、古道具の買い取りをしてもらおと思ってきたんや」

「古道具の買い取り……」

戸田が客だとようやく理解して、文子は少しほっとする。それにしても、蔦野家にやって来て初めて客が来た。

「清志郎はんはまだ戻らんようやから、文子ちゃんに値付けをしてもらおかな」

そう言って、戸田は持ってきていた風呂敷包みを卓上に広げた。

茶器に根付（ねつけ）に扇子に古本にと、古いこと以外わからない道具類が並ぶ。これに一つひとつ値をつけて買い取るのかと思うと、文子はとても自分にはできないと思った。こういうことは、きちんと目利きをつけた玄人（くろうと）がやるものだ。

「僕もよぅ考えんといろいろ包んできたから、これ全部で二円でどうや！　お買い得やと思うで」

戸田はニッコリ笑顔で、指を二本、顔の前に添えて見せる。物の価値がわからない文子でも、それは高いのではないかと感じられた。

「米が一升で五十銭だから、二円で四升分……」

卓上に並ぶ古道具たちに、果たして米四升分の価値があるだろうかと文子は考える。

商いというのは利益を出さなければいけないのだから、買い付けたときより高い値段で売らなければいけない。つまり、これを二円で買い取るなら、二円以上で売れなければ損が出てしまうということだ。

道具一つひとつを見つめ、自分ならそれにいくら払うだろうかと考えると、難しかった。だが、その中にあった行灯には、唯一価値が感じられた。

「これだったら、五十銭をつけてもいいかも……」

瓦斯や電気による灯りが普及して、今ではもう珍しくなってしまった角行灯だ。状態もしっかりしており、中を覗くと灯明皿もきちんとある。実用に耐え得る状態のものならば、欲しがる人もいるだろう。

「お目が高い！　これは亨都の有名な旅籠で使われとったという品で、そういうのに目がない人にはたまらんもんやで」

文子が行灯に興味を示すと、途端に戸田は機嫌を良くした。

「これは珍しい品やから、どこにお譲りしよかと悩んでたんやけど、やっぱ蔦之庵さんに持ってきてよかったわぁ。欲しがる人なんかなんぼもおるけど、僕かて信頼する人に買い取ってほしいからな」

「はぁ……」

「せやから、もちっと〝勉強〟してもろて」

戸田はニッコニコでゴマをする。こんなにもわかりやすいゴマすりがあるのかというほど、揉み手をしている。

〝勉強〟とは、値段を交渉したいということだろう。つまり値を上げよと、そう言いたいらしい。

「そうやった。清志郎はんのところに嫁さんが来たって聞いて、お近づきの印にこれを差し上げよと思って持ってきとったんやったわ」

戸田は文子に思わせぶりな視線を寄越し、懐から何か取り出した。それはブリキの缶だ。文子が首を傾げると、「キャラメルやで。女の子は好きでっしゃろ」と笑う。

「ありがとう、ございます……」

差し出され、勢いで受け取ってしまった。受け取ったからには、値段交渉に応じなければならないのだろう。

行灯を五十銭で買い取るとして、他の道具もついてくる。量が多いことを考えても、やはり全部で二円の値はつけられないと感じた。

「じゃあ……全部で一円で」

「交渉成立やな！　いやぁ文子ちゃん、商売上手やな！」

どうやら戸田の求めていた値付けにはなったらしい。これはもしかしなくてもキャラメルで買収されてしまったのかと、言ってみてから文子は内心で冷や汗をかく。

ちょうどそのとき、玄関の戸が開く音がした。ほっとしたところで、いつも足音を立てない清志郎が珍しくドタドタと焦った様子でこちらに来る気配があった。

「あんた、何やってんだ」

襖を勢いよく開けると、中に入ってきた清志郎が言う。どちらに向かって言ったのかと思ったが、彼の視線は戸田に向けられていた。

「何て、文子ちゃんとお話ししとったんよ。お近づきの印にキャラメルあげて、これらの品をなんぼで買い取ってくれるん？　て聞いたら、一円やと。僕は二円で考えとったから値切られてしもたけど、こない別嬪さんの言うことやったら、聞かんわけにもなぁ」

戸田は悪びれもせず、ペラペラと事情を話した。清志郎は卓上の品々を見、文子の手の中のブリキ缶を見て、しばらく考えていた。

じっと見つめてくる翁面が、心なしか不機嫌に見える。

「あの、ごめんなさい……勝手なことを……」

これは値付けに失敗してしまったのだろうと考え、文子は震えた。留守だから無理だと言えばよかったのに、戸田の口車に乗せられて値段をつけてしまった。たぶん、キャラメルで買収されたことにも怒っているに違いない。

これでは子供と変わらないではないかと、自分の未熟さが恥ずかしくなる。

「まあ、妥当な金額ではあるな」

叱られるのだとばかり思っていたから、清志郎がそう言うのを聞いて、文子はほっとした。なぜか、文子以上に戸田が得意げだ。

「せやろ。清志郎はん、文子ちゃんは別嬪なだけやのぉて、えらい賢い子ぉやで！　ええなぁ」

「うるさい。金は払うから帰れ。それから、俺の留守中に勝手に上がり込むな」

「せやせや。文子ちゃんにもよぉ言うときや。怖い世の中なんやから、あんまり不用心ではあかんよって。それにしてもほんまにええなぁ。文子ちゃんみたいな可愛い嫁さん、僕も欲しいわ。毎日めっちゃ可愛がる。可愛がるんが忙しゅうて、商売やめてまうかもなぁ」

「帰れ」

清志郎に追い立てられ、それでもなおペラペラしゃべりながら、戸田は応接間から出て行った。出ていくとき、文子に手を振ることも忘れない。

人の話し声をあんなに聞いたのは久しぶりで、文子はどっと疲れてしまっていた。トキやハナとおしゃべりするのとは、全く違う感覚だ。

「キャラメル、もらったんだな」

「へ……？」

玄関から戻ってきた清志郎が、文子の手元を見て言う。勝手に物をもらうのはいけないことだったかと考え、文子はおずおずとブリキ缶を差し出す。

しかし、清志郎はそれを受け取ろうとせず、代わりに懐に手を入れた。

「やる」

「え」

「あんこ玉。あんた、前にやったやつをまだちまちま食べてるだろう。こんなの、いつだって買ってやるんだから、もっと食べたらいいだろ」

彼が差し出してきたのは、前にくれたのと同じあんこ玉だった。文子はもったいなくて、一日一つと決めて食べていたのだ。どうやらそれを彼は知っていたらしい。

「ありがとうございます」

「まあ、キャラメルのほうがうまいだろうが」

文子が受け取ると、清志郎はプイッとそっぽを向いてしまった。それを見て、文子は彼の不機嫌の理由を悟った。

　彼はたぶん、文子があんこ玉より先にキャラメルを受け取っていたのが面白くなかったのだ。文子だって、自分がわざわざ買いに行ったものより先に別のものを受け取っていたら、正直面白くないと感じるだろう。

　彼の心の動きがわかって、文子は何だか嬉しくなった。そして、彼からもらったものはちゃんと嬉しいのだと伝えたくなる。

「あの、あんこ玉、嬉しいです。私、お菓子とかあまり食べたことがなくて、おいしくて嬉しかったから、大事に食べたいと思っていただけで……最初に食べたおいしいお菓子だから、これから先もきっと一番好きです」

　文子がそう伝えると、清志郎は少し驚いた様子で見つめてきた。翁面の表情は変わらないが、気配でそれがわかる。

「あんた……そうか。なら、今日全部食べてしまえ。そしたら明日また買ってきてやる。あんたが食べるたび新しいのを買ってきてやるから、気にせず食べるんだ」

「はい」

　不器用だなと思うものの、それでも十分清志郎の優しさが伝わってきて、文子は嬉しくなった。彼が自分を思ってお菓子を買ってきてくれたことが、こんなに嬉しい。

「キャラメルも、まあ気にせず食べたらいい。女は甘いものが好きだからな」

ブリキ缶を一瞥し、やや不満そうにそれだけ言うと、清志郎はどこかへ行ってしまった。

残された文子は茶器を片付けてから、台所でキャラメルをひと粒食べてみた。

ねっとりした甘さが口の中で広がり、少しずつ溶けていく不思議な食感のお菓子だ。

これは素晴らしいものだと、思わず頬を押さえてしまう。

だが、文子の中で一番は、優しい甘さのあんこ玉だ。たぶん、これから先もあんこ玉をひと粒食べるたび、清志郎の優しさを感じるだろうから。


新しいものを買い付けたという話がどこからか伝わったのか、それから数日は蔦之庵に客が来るようになった。

文子は自分が値付けしたあの行灯がきちんと売れるだろうかと、毎日気になって、客が帰るたびに蔵を覗いて、まだそこにあるのを確認して肩を落とすということを繰り返していた。

それを見て清志郎は最初は怪訝そうにしていたが、文子が気にしていることがわかると、蔵を覗くたび「まだ売れてないぞ」と教えてくれるようになった。

そんなことを続けていると、ピタリと客足が途絶えてしまい、自分が失敗したのかと文子は落ち込んだ。

「物が売れるのには時機というものがあって、この行灯はまだその時機が来ていないというだけだ」

蔵に来てぼんやりと行灯を見つめていると、それに気がついた清志郎に声をかけられた。ここのところ立て続けに物が売れたから、帳簿付けに忙しかったらしく、作業場で文机に向かっている。

「こういうのは巡り合わせだというのは、わかっているのですが……」

「そうだ、巡り合わせだ。見てみろ。この蔵には秀雄が買いつけてまだその巡り合わせがないために埃を被っている品々がこんなにあるんだ」

どうやら口調から、励ましているらしかった。だが、その言葉は上向きかけた文子の気持ちをまたしても沈ませる。

自分が値をつけて買い取ったから、あの行灯が売れないのは文子にとって困るのだ。

売れないのはもしや状態が悪いからではないかと、文子は気になりすぎて、夕飯の支度を終えてから再び蔵に行った。

清志郎はもう母屋に戻っているようで、灯りはすべて落とされていた。だから燐寸で戸口近くのランプに火を入れて、それを手に行灯の置いてあるところまで行く。

これが今後きちんと売れるものなのか気になって仕方がなくて、文子は灯りがともるものなのか試してみようと思ったのだ。

雑多に風呂敷に包まれて戸田によって持ち込まれた古道具類の中に含まれていたこの行灯だったが、灯りをともすのに必要な道具はすべて揃っていた。そして、文子はかつての奉公先の一つで行灯を使ったことがあったから、仕組みも知っていた。

「これを、こうして、火をつけて……」

灯明皿に油を吸わせた灯芯を載せ、その上に掻き立てという灯芯押さえを置き、燐寸で火をつける。それを行灯の中の受け皿に載せて側面を閉じれば、和紙越しに灯りが滲むように広がる。

「え……」

無事に灯りがつき、これは売り物になると安堵できるかと思いきや、突如文子の眼前に信じられない光景が広がった。

それは、影だった。大勢の人々が室内を動き回る影。よく見れば、何人かは刀を手にして斬りまわっている。

刀を手に次々と斬りかかる人影。斬りつけられ、もがきながら倒れ込む人影。斬りつけられた場所から血が噴き出す様子さえ、行灯は蔵の壁に映し出して見せた。

音すら聞こえてきそうなほど克明な影絵に、文子は息もできずにいた。

だが、体が震えて手に持っていたランプがかすかに音を立てて、ようやく呼吸を取り戻す。それから、どうにか小さく「いやっ」と叫び、すぐに蔵から駆け出したのだった。

「清志郎さんっ」

母屋へと駆け戻った文子は、怖くなって清志郎を探した。彼の部屋に行ってもおらず、声を振り絞って名前を呼ぶと驚いた様子で彼は台所から出てきた。

「夕飯がうまかったと伝えようかと来てみれば……何があった？」

「く、蔵に……」

翁面越しに尋ねられ、文子はまず息を整えなければいけなかった。そんなに長い距離を走ったわけではないのに、息が上がって仕方がない。しかし、静かにじっと清志郎が待ってくれているうちに、少しずつ恐怖が落ち着いていき、それとともに息もきちんと吸えるようになっていった。

「あの行灯が気になって、灯りがきちんとともるのか確かめに行ったのです。そうしたら……」

「何か出たのか？」

彼に問われ、文子は頷いた。

言ってしまうと、今度は別の理由で文子の心臓はまた早鐘を打ち始める。

何かを見たと打ち明けるとき、いつも怖かった。なぜならいつも、気味悪がられるか嘘つきだと言われるかだからだ。

「そうか、あれは曰くつきだったのか……戸田め。俺にも見えるもんか確かめたい。ついてこられるか？」

「え……はい」

どんな反応をされるのかと怖くて、また心臓が痛くなっていたのに、予想に反して清志郎は淡々としていた。疑う様子もなく、ただ文子の言い分を受け止めたという感じだ。

「見えたというのは、あれか？　おどろおどろしい霊か？　こちらに危害を加えてくる類のものか？」

玄関を出て蔵へと歩きながら、清志郎は尋ねてくる。いつもより言葉が多いのは文子のことを気づかってのことか、あるいは彼も怖いのか。

わからないが少しずつ、文子は落ち着くことができた。

「いえ、霊というより影で、刀を持った大人数が斬りかかる様子が壁に映し出されて」

「なるほどな」

文子が説明したところで、彼は蔵の扉を開けた。そのままにして出てきた行灯は、相変わらずともっている。奥の壁には引き続き、影絵劇が映し出されていた。

「これは、俺にも見えるものだ。つまりは、いわゆる霊というやつではないのだろう」

俺にはお化けの類は見えない、と清志郎は言い添えた。そういえば、この家に来てすぐのときにも、彼はそう言っていた気がする。

「戸田は、この品について何か言っていたか？」

「えっと……享都の有名な旅籠で使われていた、と」

文子が戸田の言っていたことを思い出しながら言うと、清志郎の中では納得がいく答えだったらしい。「そうか」と小さく呟くと、蔵の扉をそっと閉めた。

「こういう商売をしていると、人が普段見ないようなものを見聞きする。お化けの見えない俺でもな。だから、あんたみたいな視える人ってのは、大変だと思う」

「そう、なんですね」

母屋へ戻ると、清志郎は静かに言う。彼がこれから何を言おうとしているのか、文子は身構えた。

（もしかして、追い出されるのかしら……）

これまでのことを思って、不安がよぎる。

おかしなものが視えると知られると、気味悪がられた。不気味に思った相手は、露骨に文子を避けるか、おためごかしに優しい言葉をかけながら文子を遠ざけるのだ。

優しかった米問屋の主人も、最後は「ここにいるのは文子ちゃんのためにもならないだろうし……」と言っていたのだ。女の霊を視た文子を思いやっての発言にも思えるが、視える文子を遠ざけたいという意思が感じられて、悲しくなった。

おかしなものが視えてしまうかぎり、この世に居場所はない――何度も何度も噛み締めた事実をまた突きつけられるのかと、文子は己の軽率さを悔やむ。蔵で怖いものを見たからといって、黙っていればよかったのだと。

「持ち込まれる古道具には、お化けというのか、何か憑いているときもあるし、物の記憶のようなものが残っていることもある。さっきのは俺にも見えたということは、おそらくそっちだろうなと思う。禍々(まがまが)しさみたいなのは、感じなかっただろ？」

「え、あ……はい」

出て行けと言われるのではないかと構えていたから、思わぬ質問が飛んできて文子は面食らった。

尋ねられてみて、そういえば怖くなったものの身に迫る恐怖はなかったと、冷静になると理解できる。

「さっき壁に映し出されていたのは、行灯が自身の強烈な記憶を影絵で見せてきてるだけなんだろう。秀雄が言っていたことだからよくわからんのだが、物にも記憶があって、それを見せてくることもあるらしい」

「物の記憶、ですか……？」

「そうだ。古い道具には特にそういうものが強く残っていることがある、らしい。これも秀雄の受け売りだが。ここにいればこれまで以上に変なものを目にしてしまうだろう。だが、それがここでは普通のことだ。あまり気にするな」

「……はい」

それだけ伝えると、清志郎は自室に戻ってしまった。残された文子は拍子抜けして、しばらくその言葉を嚙み締めていた。

(気にするな、って……追い出されなかった)

これまでと同じように、また疎まれて遠ざけられるのかと思っていた。だが、清志郎はただ先ほど見たものの解説をして去っていっただけだ。

文子を拒絶することも、咎めることもしなかった。特に気味悪がっている様子もない。

(清志郎さんって、変な人だ)

夜、布団に入った文子は自分のことを棚に上げて、そんなことを考える。変なものが視える自分を拒絶しない清志郎は、変わっているなと。

だが、彼が普通とは違うとわかるのに、不思議と嫌な気持ちではなかった。最初は奇異に映ったあの翁面も、気になりはするが彼の一部分として受け入れられる気がする。

さっきはひやひやしたが、まだここにいても良さそうだとわかって、安心して眠りにつくことができた。

それから数日後。

客が来ていたなと思っていたら、そのあと少しして清志郎が台所までやってきた。昼食の支度をしていた文子は、彼が腹を空かせているのかと首を傾げる。

「売れた」

「先ほどのお客さまにですか。何を買って行かれたのですか？」

「あの行灯だ」

「あ！」

商売がうまくいったのが嬉しくて報告に来たのかと思ったが、それは違った。彼が「あの行灯だ」と言った瞬間、文子はほっとして、それから嬉しくなる。

「よかった……売れたのですね」

「ずいぶん気に入ったようで、機嫌よく帰っていった」

「そうですか……」

自分が値付けをして買い取ったため、あの行灯のことはずっと気がかりだったのだ。それが無事売れたと聞かされて安堵するが、今度は別の不安が頭をもたげてくる。

「あのような曰くつきの物でしたが、人にお売りしてよかったのでしょうか……」

血なまぐさい影絵を映し出す行灯だ。せっかく状態の良い行灯として買って帰ったものが、いざ灯りをつけるとあのような光景を映し出すとわかれば、客は怒るのではないだろうか。

そう心配したのだが、清志郎は首を振る。

「あれはな、曰くつきだから売れたんだ。世の中には、好事家と呼ばれる人種がいて、そういうのが欲しがる良い品だったんだ」

「それは、秀雄さんという方のような……？」

一体、そんな変なものを欲しがるのはどういった人種なのだろうと文子は訝る。これまでの話からすると、清志郎の養い親の秀雄なる人物のような人のことだろうか。

「まあ、秀雄もそうだな。だが今回はもっと限定的で、侍と呼ばれる存在がいた時代に、並々ならぬ憧れを抱いている人物だったから欲しがったものだ。どうも、あの影絵は帝都がまだ栄戸(えど)と呼ばれた時代の、御一新(ごいっしん)が起こる前の頃の有名な事件の様子らしくてな」

享都の有名な旅籠で使われていたというのが決め手だったと、清志郎は言い添える。そういえば、戸田がその部分を強調していたのを思い出したが、文子にはさっぱりわからなかった。

「とにかく、今回はただの行灯ではなく、曰くつきだとわかったから売れた。あんたが気づいたからだ」

「……ありがとうございます」

清志郎がわざわざ台所に来たのは、これを伝えるためだったのだと気がつく。それがわかって、文子は嬉しくて落ち着かない気持ちになった。

役立ったという事実が嬉しい。だがそれよりも、清志郎がそれを伝えに来てくれる人だということに、文子は救われるような思いがしたのだ。

褒めるでもねぎらうでもなくそれだけ伝えると、清志郎は静かに台所を去っていった。その背中を、文子はしばらく見送る。

(変なものを視るのも、悪いことばかりではないかもしれない)

嬉しい気持ちを噛み締めながら、食事の支度に戻った。

第二章

一

自分が値付けした行灯が無事に売れたという経験から、文子はもう少しこの家の蔵にある古道具ともきちんと向き合ってみたいという気になっていた。

蔦野家にやってきてふた月近くが過ぎ、すっかりここでの生活に慣れてきたというのもある。

暗く、いかにも何か出そうな蔵を避けたいという気持ちがあったため、はじめは掃除をするにしてもおざなりにサッと済ませて逃げ出るような感じだったのだが、ここのところは少しずつ、滞在時間を延ばしている。

幽霊らしきものをまだ一度も見ていないというのも、文子に安心感を与えていた。古道具があまたある空間だから独特の気配というか雰囲気はある。だが、幸いにして幽霊の姿は見かけない。

あるとき、天井付近に札が貼ってあるのを見つけて、これのおかげで幽霊が寄りつかないのだろうかと、楽観的に考えていた。

だから、ある日突然それを見たとき、文子は驚き過ぎて飛び上がるかと思った。

「え、あっ、すみません……」

蔵の一角に人の姿を見つけて、文子は思わず謝ってしまった。なぜなら、文子が蔵に入ったとき、その人がまるで侵入者を見るような不審がる視線を向けてきたからだ。

鋭い視線に射貫かれ、咎められた気分になってすぐさま頭を下げた。だが、そのあとここが蔦野家の蔵で、入ったところで誰に咎められるはずもないことに気がついて、恐る恐る顔を上げた。

(腰に刀を佩いているから……お侍さんの幽霊？)

身の危険を感じる禍々しい気配はないように思えて、文子は目をそらさないようにしてジリジリとその存在に近づいた。透けているのに、その存在も文子に訝るような目を向ける。

しかし、敵意のようなものは感じられなかったため、近くまで行って観察することができた。

「あ、これか……」

侍のすぐ近くに行くと、そばに刀があるのが見えた。これまでいい加減な掃除しかしていなかったため、どうやら見落としていたらしい。

「私に姿を見せたということは、何か訴えたいことがあるのですか……？」

視線が合うのだからもしや意思の疎通ができるのではないかと、文子は問うてみた。

しかし、物言いたげな目つきに反して侍は口を開かない。

あまりじっと見つめていたからか、そのうちに侍は居心地悪そうに目を逸らしてしまった。その様子がひどく人間じみていて、何だか悪いことをした気分になり、会釈をしてその場を去った。

（すごいものを見つけたのかもしれない……！）

おどろおどろしいものではなかったものの幽霊を見たという緊張から解放され、途端に文子は興奮してきた。その高ぶる気持ちのまま、清志郎の姿を探す。

行灯のときのように、見たものを彼に報告したら、あの刀にも価値が見出されるかもしれない。

この家に置いてもらっている以上、商いの役に立てたほうがいいに決まっている。だから、今見たものを報告しようと、急いで彼の部屋に向かった。

「野良猫かと思ったら、あんたか」

「あ……すみません」

声をかけて襖を開けると、清志郎に呆れた様子で言われた。廊下を走ってきたことを指摘されたのだとわかり、恥ずかしさと申し訳なさで文子は小さくなる。

この家に来たとき、〝走り回ったり襖に穴を空けなければ好きにしていい〟と言われたのに、そのだめだと言われたことをしてしまった。

「それで、何の用だ？」

「あの、蔵でお侍さんの幽霊のようなものを見たので、一緒に来ていただけないかと」

呼びに来たはいいものの、先ほど見たものを何と伝えたらいいか文子は悩んだ。生きた人間でないのは確かだが、あれを幽霊だと断じていいものなのかわからない。

もっとも、文子は視えるだけで、それが何であるのかわかっていないことがほとんどではあるが。

「幽霊か……それなら俺が行ったところで、見えるかどうかわからんが」

そう言いつつも、清志郎は立ち上がり一緒に蔵へと向かう様子を見せた。だから文子は先導して、再び蔵へ向かう。

「ここです。ここに、お侍さんがいます。この刀のそばにいるので、刀の持ち主の霊、なのかなと思うのですが……」

蔵に入ると、侍は相変わらず一角にいた。文子は、それがいるほうを指差してみる。

だが、やはり清志郎には見えないらしく、翁面が首を傾げる。

「俺には見えんな」

「そう、ですか……」

「その侍とやら、どんな格好をしている？」

「え……」

清志郎は刀掛けからそれを手にすると、文子に尋ねる。

古い時代の人の服装を何と表現すればいいのかと、それがすぐには思いつかない。

「着物を着ていますが、清志郎さんのような着流しではなくて、袴を穿いています。そして、髷は結っているのですが、あの剃っている部分がないです」

「月代はなし、か。……浪人か？　紋の入った羽織りは着ているか？」

「いいえ」

「なるほどなぁ……」

文子の拙い説明を聞いて、清志郎は考え込んだ。彼が一体何を考えているのか、文子には何もわからない。

「実はな、この刀は抜くことができないんだ」

そう言って、清志郎は刀を鞘から抜こうとした。しかし、まるで拒絶するかのように、どれだけ柄を握って引こうとも、びくともしなかった。

「刀は、抜いて刀紋を確認したり、この柄巻の下にある茎の部分に刻まれている銘を確認して価値を見定めるのだが、こう抜けんのでは鑑定にも出せんのだ。まあ、だからうちみたいな道具屋に転がっているわけだが」

「そうなんですね」

文子は自分も持たせてもらうと、抜こうと試みた。しかし、やはりびくともしないし、見守っていた侍に首を横に振られてしまった。

「それで、これに憑いている霊とやらが視えるというのなら、そいつの服装から年代だけでも特定できないかと思ったが、わからんな」

「すみません、お役に立てず……」

こうして呼び出したくせにたいした働きもできなかったことが、文子はとても申し訳なくなった。これでは、幽霊を見たと騒いだだけではないかと、恥ずかしくもなる。

「……清志郎さんは、視えなくても私が嘘つきだとは思わないのですね」

特に責める様子のない清志郎の態度に、不思議な気持ちになって言う。

文子のこれまでの経験から、人は見えないものは信じないものだ。しかし、清志郎は見えないというのに、文子を疑うでも気味悪がるわけでもない。

「秀雄が拵(こしら)えから大体の時代は推測していたんだ。だから、あんたに視えているという霊の服装とそれが一致するか確認した。まあ、拵えなんかは付け替えられるものだから、やはり銘を確かめなければ何とも言えないが」

「そうだったのですね」

筋の通った理由があったと聞かされて、ほんの少し残念になる。疑われたかったわけではないが、信じてもらうに足る理由が自分にあったのかと、ほんの少し期待したのだ。

「あと、嘘をつく理由があんたにはないだろう？　だから、信じるというより疑う必要がない」

しょんぼりしかけたとき、清志郎はそう言い添えた。たったそれだけのことで、文子はまた嬉しくなる。

「秀雄曰く、この刀は抜くべきときが来れば抜けるらしい。確かに一度、俺はこれが抜かれたところを見たことがある。俺がまだガキの頃に野犬が庭に入り込んで危なかったとき、秀雄が蔵からこの刀を手に走ってきて、野犬の前でスラリと抜いて見せたんだよ。だから、抜けるのは間違いない」

刀を手に、遠いところを見るように清志郎は語る。

今ここにいない養い親について語るとき、彼は優しい声音になる。きっとそれを、彼自身は気がついていないだろうが。

「では、秀雄さんはこの刀で野犬を追い払ってくれたのですか？」

「いいや。震えながら刀を突きつけて『あっちに行きやがれ！』って叫んだだけだ。だが、その必死さに恐れをなしたのか、無事に野犬は出て行った。刀を抜く必要があったのかすら、わからん顚末だな」

清志郎が翁面の奥で笑ったのがわかった。彼もそんなふうに笑うのだと、文子は驚くとともに何だか嬉しくなる。

彼が養い親の話をするときの雰囲気は、柔らかくて好きだ。そして、思い出話を取り出してこんなふうに聞かせてもらえることが、彼に少し近づけた気がするから。

「ごめんください。戸田ですけどぉ」

表から声がした。名乗る声を聞いて、清志郎の柔らかな空気がたちまち霧散した。

彼は刀掛けに刀をもう一度かけると、渋々といった様子で蔵から出る。文子もそれに続いた。

「あ、やっぱり蔵におったんか。文子ちゃんもおる。こんにちわぁ。今日も別嬪さんやねぇ」

玄関前にいた戸田は、文子たちの姿を目にすると手を振ってきた。風呂敷包みを背負っているところを見ると、また何かを売りに来たのかもしれない。

「この前の行灯、無事に売れたんやってね。いやぁ、あんな曰くつきやったとは、僕はわからんかったわ」

「……よくもまぁぬけぬけと」

戸田の軽口に、清志郎は舌打ちしそうなほど苛立った空気を出している。前に顔を合わせたときもそうだったが、この二人は仲がいいのか悪いのかわからず、見ていて文子は困惑してしまう。

「戸田さんは、今日は何のご用事ですか？　また何か売りに来られたのですか？」

清志郎のイライラした様子に耐えかねて、文子は思わずそう尋ねていた。戸田がここにいる限り清志郎が不機嫌ならば、早く用を済ませて帰ってもらったほうがいいと思ったのだ。

「可愛い文子ちゃんのお顔を見に来たに決まっとるやんか。ああ、もうほんまにかわえなぁ」

「帰れ」

戸田の軽口に、清志郎がすかさず応じる。彼の視線を文子から遮ろうと、壁となって立ち塞がる様子は何だか面白くて、実は仲がいいのではないかという気がしてきた。

「ほんまやて！　まあ、近くに来たから寄ってみたっていうのもあるんやけど、文子ちゃんに聞きたいことがあって」

清志郎の体を押しのけてズイッと前に進み出ると、戸田は文子をじっと見つめた。狐面のようなその顔は、何を考えているのか読みにくい。

「文子ちゃんは、あの小柳さんちの子ぉなんか？　上の子って、文子ちゃんのこと？」

「え」

戸田の口から思わぬ質問が飛び出して、文子は固まった。

確かに、文子の実家について聞かれれば、小柳家と答えるしかないだろう。しかし、自分が小柳家の人間かと聞かれれば何と答えるのが適切かわからない。そして、〝上の子〟という言葉が自分のことを指すのかも即答できなかった。

「この仕事しとると、いろんな人の噂が耳に入るんよ。それでたまたま、小柳家の娘さんを嫁に欲しがっとった助平爺(じじい)の話を聞いてな。僕の記憶やったら小柳家のお嬢ちゃんはまだ十五の学生さんやんか。別にその歳で結婚するんも珍しくはないけど、爺が欲しがるには若すぎやんかって、僕はつっこんだんよ。そしたら、十五のお嬢ちゃんの上にもっと別嬪さんがおって、なんやワケありやから、その子やったら娶(めと)るんにちょうどええて爺は思っとるって話やったんよ」

戸田の話を聞きながら、文子は指先からだんだんと自分の体が冷たくなっていくような心地がしていた。

知らないところで自分のことを話題にされたのが、何だか恐ろしかったのもある。だが、何よりも自分の身に知らないうちに危機が迫っていたと知らされたことが怖かったのだ。

「最初から小柳家はその申し出にカンカンやったらしいんやけど、怒った理由がな、爺がその上の娘さんをえらい美人て褒めたからなんやて。聞けば前妻さんの子ぉやからって、可愛がらんと奉公に出してたっていうやんか。継子いじめってやつやなぁ」

質問というより、戸田は知っていることを話しているのだろう。文子の反応をうかがっているということは、このまま何も答えられずとも、勝手に欲しい答えを得るに違いない。

自分を欲しがっていた人がいるというのは全く知らなかったが、その他の情報はすべて自分に当てはまることだ。「違う」と答えることもできず、頷くこともできず、文子は戸田からもたらされた情報に怯えていた。

「それがどうした。もともと娶る約束をしていたのは俺が先だ。蔦野家に嫁ぐ話は、その爺が目をつけるよりはるか前にまとまっていたんだよ」

何も答えられない文子を戸田の視線から守るように、清志郎は再度彼の視線を遮るために体を動かした。それを見て、戸田がくすりと笑うのが気配でわかった。

「そやったんや！　やっぱり文子ちゃんのことやったんやねぇ。その話な、『助平爺が若い嫁さんもらおうと悪巧(わるだく)みしとったのを、その子の継母(ままはは)にめちゃくちゃ怒られた上に別の男のところに嫁いでいってしもうた話』として聞いたから、もしかせんでも文子ちゃんの話や思て、確かめに来たんや。いやぁ、知り合いの話や思うと、なおさらおもろいなぁ」

戸田は気が済んだのか、本当に愉快そうに笑っている。

清志郎の背中に隠されていて何も見えないが、この場の空気が今とても悪いのは伝わってきた。

「そんな噂の真偽を確認するというくだらん理由でここへ来たのなら、さっさと帰ってくれ」

声を荒らげるわけではなく、淡々と清志郎は言い放った。そこに取り付く島はないのだが、戸田は気にしないらしい。

「そないなわけないやろ。僕かて暇やないんやで。今度な、蔵じまいするっちゅー家があるんで、古道具の買い取りを依頼されとるんや。蔵じまいには僕が立ち会(お)うて、気になるもん全部引き取ったら、残りは蔦之庵さんにって話つけようかと思て」

「ああ、そういうことか。それでいい」

「ほな、そないな感じで話つけとくわ」

戸田の本来の用事はその話だったらしく、実にあっさりと彼は歩き出した。てっきり背中の風呂敷包みをどうにかするのが用だったのではないかと思っていたのだが、違ったようだ。

「清志郎はん、ひとつ言うときたいんやけど」

去っていくかと思いほっとしたのも束の間、戸田がくるりと振り返る。

「懐に入れただけでは大事なものは守られへんよ。どういういきさつで文子ちゃんを嫁にもろたかはわからんけど、守りたいんやったらもっとよぉ根回しせな」

「何が言いたい？」

「こういうことは僕を頼りぃ」

また戸田が何を言い出すのかと清志郎が身構えた気配がしたが、それに対して戸田はどこまでもにこやかだ。

「今度文子ちゃんの噂聞いたら、『蔦之庵の若旦那が昔から文子ちゃんが好きで好きでかなわんで、ようやくお許しもらって娶ったんやで』って触れ回っとくわ。そしたら、そないに惚れとったんやったらしゃーないわぁ思う人も出てくるやろ。世の人は一途な思いに弱いから」

それだけ言うと、今度こそ戸田は去っていった。上機嫌な笑い声とともに、風呂敷包みを背負った後ろ姿が遠ざかっていく。

彼のとんでもない発言により、文子は困惑して動けなくなっていた。清志郎も、何も言わない。

戸田の余計なおしゃべりを遮ったり黙らせることもできたはずなのに、清志郎は否定も肯定もせず送り出した。

それはおそらく文子のためだったとわかるから、申し訳なくなる。

「あんたの耳に入れるつもりはなかったことを聞かせてしまったな……すまなかった」

「え……」

このまま外にいても仕方がないと、母屋に戻ろうとしたところで清志郎に謝られ、文子はとまどった。先ほどのやりとりのどこに、彼が頭を下げなければいけない理由があるというのだろうか。

「あんたの父が話していないようだから、俺も言わなくていいと思っていた」

「あの……何のことですか？」

翁面越しの清志郎が本当に申し訳なさそうにしているのが伝わってきて、ますます混乱する。

「あんたを嫁に欲しがっていた助平爺がいたという話だ。聞いても不愉快だろうかと、わざわざ言わなかったんだ。それをあいつが余計なことを……」

「そのことですか……それは、私も聞かなかったのがいけませんでした」

すぐに蔦野家に行くよう言われ、疑問に思わなかったわけではない。だが、父に厄払いされたのかもしれないと思って、怖くて聞けなかったのだ。

「驚きましたが、むしろ聞けてよかったです。父が私のことを思って清志郎さんのもとへ行かせてくれたのがわかりましたから」

「俺なんかのところより、もっといいところがあればよかったんだがな」

「そのようなことは……」

一瞬、文子は清志郎が謙遜をしたのかと思った。だが、違うかもしれないと考えた。

もしかすると、清志郎としても引き取りたくはなかったという意味かもしれない。

そうであったとしても、勝手に気に入って娶ろうとしていたという男のもとへ嫁ぎたくなどなかったから、清志郎が自分を引き受けてくれてよかったと思う。

「そういえば、父と清志郎さんはどのような知り合いなのですか？」

この際だからと、気になっていることを尋ねてみた。

聞きたいものの、聞けないことはたくさんある。だが、彼と父との関係くらいなら、聞いてもいいだろうと判断したのだ。

「あんたの父とどういう関係かって……まあ、客未満というところか。秀雄がいた頃、あんたの父がいくつかものを買い取ってほしいと言ってきたんだ。うちは基本、何でも買い取るからな」

「未満ということは、父が持ち込んだものは買い取っていただけなかったのですか？」

「ああ。というよりたいした値はつかないが、あんたの父にとっては大事なものだとわかったから、売るのを止しておけと秀雄が言ったんだ。まだ小さいあんたを連れていたから、とにかくお金が入り用なのはわかったが、それでも売っていいものと悪いものがあると秀雄は言ってな」

清志郎の話から、その出来事が母が亡くなる直前か直後のことだったろうと文子は思い出していた。きっと、蔦之庵で物を買い取ってもらったとしても、借金を返せる額にはならなかっただろう。だから、買い取りを渋る秀雄の判断も理解できる。

「そのとき秀雄が言ったんだよ。『このあと、どうしても娘さんを守るために必要に迫られたら、うちに連れておいで。清志郎の嫁にしたらいい。年の頃もちょうどいいじゃないか。それならうちも都合がいい』って。まだ三歳くらいのあんたを見てそんなことを言うあいつは、おかしなやつなんだ」

「そういういきさつでしたか……」

「その言葉になぜかあんたの父は救われて、その後どうにか立ち直る術を見つけたんだろ。だが、今回のことはあんたを逃さなけりゃ不幸になると考えて、秀雄との約束を思い出したんじゃないか」

「たったそれだけのことで……」

父と清志郎の間に何か大層な約束があったのかと思っていたのに、実際はそうではなかった。むしろ、その場をとりなすために秀雄が言ったことを、父が今になって持ち出しただけのように思える。

父の判断によって文子はこうして救われたわけだが、清志郎にとってはただ迷惑をかけられているだけではないかと、改めて申し訳ない気持ちになった。

「別に俺は、約束に縛られているわけじゃない。だからあんたも、別に気にするな」

そう言って、清志郎は先に母屋に戻っていった。

残された文子はしょんぼりした気持ちを抱えたまま、食事の支度をしようと台所に向かう。

(嫁として扱う気はないのに、これからは惚れて娶ったと喧伝されてしまうのだわ……)

戸田の言葉を思い出して、さらに憂鬱な気分になった。父に押しつけられた形で文子を受け入れてくれただけなのに、これから清志郎は文子に惚れ込んでいると周囲から思われてしまうのだ。

本当の夫婦であればそれでいいのだろうが、二人は違う。表向き夫婦として認識されているだけで、実際はただの同居人だ。文子は彼の厚意によって、ここに置いてもらっているにすぎない。

清志郎が許してくれるのなら、ここにいたいと思っていた。だが、このままではいけない気もしてきた。

居場所が欲しいだけで、誰かに迷惑をかけたいわけではないのに、それすらままならないのがもどかしい。

「……よし！」

迷惑をかけているのならせめて、少しでも彼の役に立つしかない。そのために、おいしい食事を作ろうと文子は張り切った。

それから数日後。

戸田が言っていた蔵じまいをしたという家の人間が、荷車を引いてやってきた。

「ここで買い取りをしてもらえると聞いたのだが」

「はい。主人に声をかけて参りますので、少しお待ちくださいませ」

「そんなことより、水をくれ」

坂道を荷車を引いて上ってきただろう男性は、額の汗を拭いながら言う。今日は気温が高いから、重いものを運んできて喉が渇いたのだろう。

「は、はい。ただいま」

男性の不躾な物言いにとまどいつつも、文子は台所へ行って湯呑みに水を注いで戻った。それを手渡すと、男性はじっとりと文子を見つめただけでなく、湯呑みを受け取るとき、その手に自身の手を重ねてみせた。

「あんた、えらいきれいな女中さんだね」

「女中ではなく、妻ですが……」

失礼にならない程度に手を払い、文子は距離を取った。そんなふうに触れるものではないと伝えるために妻だと言ったのだが、男性に動じた様子はない。

「へぇ。いつも面を被っているという店主にこんな美人の嫁がね……もったいないことだ」

じろじろと舐めるような視線を向けつつ、男性は言う。

こういったことは初めてではないが、いつも対応に困ってしまう。

「あんた、そんなに美人ならもっといい男のところに嫁いで可愛がってもらったほうがいいんじゃないか？　わしなら、きれいな着物を着せてやるし、毎日極楽のような思いをさせてやれるがな」

「……私は、ここでの生活に満足しておりますので……」

下卑(げび)た視線に虫唾(むしず)が走る思いがして、文子は身震いしそうになるのをこらえた。身なりが貧相だと言われたのもわかって、嫌な気持ちになる。

清志郎に言えば新しい着物を買ってくれるのかもしれないが、何となく申し訳なくて言えずにいた。古着を買い足してそれを着まわしているから、そこまで見苦しい格好をしているつもりもない。

だが、男性が言わんとすることも理解できてはいた。

「満足って……痩せ我慢するもんじゃないよ。あんな面を被って暮らしているんだ。変人で、見た目だってひどいもんなんだろ。そんなやつは性根もねじ曲がってるに決まってんだ。そんな男のもとで幸せになんかなれるものか。わしの妾(めかけ)になれば、いい思いをさせてやれるぞ」

男性はそう言って、文子のそばまで来るとポンッと尻に軽く触れた。

それが意味することはわからないが、自分が非常に軽んじられたことが伝わって腹が立った。

だがそれよりも、知りもしないくせに清志郎を悪く言ったのが、文子は頭に来た。

いつも面を被っているのは確かに変わっているが、事情があってのことだ。それを見た目がひどいと決めつけた上、心根まで歪んでいると断じたことが許せない。

「……清志郎さんのこと、悪く言わないで」

思いのほか低く、大きな声が出てしまって自分でも驚いた。しかし、大きな声が出たことで、少し勇気づけられる。

「買い取りをご希望なんですよね？　値付けは主人がしますから、呼んできます」

何とか強気にそう言って、文子が踵を返して玄関へ向かおうとしたとき、カラリと戸が開き、清志郎が出てきた。

もしかしたら、声を荒らげてしまったのを聞かれただろうかと心配したのだが、翁面越しでは彼がどんな顔をしているのかはわからない。

「戸田さんから聞いています。まずは査定からですね。狭いですが、玄関先へどうぞ」

「あ、ああ」

男性は清志郎に促されると、上がり框に腰を下ろした。先ほどまで悪口を言っていた相手の登場でバツが悪そうにしていたが、清志郎がそれを察する様子はない。

「あの戸田ってのが買い取りを断ってきたんだから、もしかしたらたいした値はつかないかもしれないが……」

「いえいえ。あれが少々変わった品にこだわって欲しがるだけで、別にお客さんの持ち込んだ品に価値がないわけではありません。御一新より前の頃の物も多くあって、それらなんかはかなりの値をつけてもいい」

清志郎がじっと黙って品定めをするのに落ち着かなかったのか、男性はポツリと愚痴めいた言葉をこぼす。それに対して清志郎は淡々と返しつつ、また静かに品物と向き合った。

ひとつひとつ手に取ってみたり、大きな物は様々な角度から眺めたり、その仕事ぶりは丁寧だ。文子も男性も、彼がそうして静かに仕事をするのを、ただ黙って見守るしかなかった。

「それで、お客さんはこれらの品をすべて合わせて、どのくらいの金額で買い取ってほしいんですか？」

すべてを見終えてから、清志郎は男性に問う。いくらになる、いくらで買い取ると金額を提示するのが先ではないかと文子は訝ったが、彼には何か考えがあるのかもしれない。

「え……そうだな、十円くらいにはなっていいんじゃないか」

「では、それで」

清志郎は端的に答えると、荷車から古道具をすべて下ろして玄関に運び込み、男性にお金を渡して軽く頭を下げる。

「坂道、お気をつけて」

「お、おう」

そんなふうに促されてしまえば、男性は去るしかない。文子も清志郎に倣って、ペコリと頭を下げた。

それから、軽くなった荷車を引いて去っていく男の背中を見送った。そのときには、頭に上っていた血も引いていた。

「愚か者だな。あれは二十円以上の値をつけてもいい品々だったのに」

清志郎は、特に感情のこもらない声で言う。馬鹿にするというより、率直な感想という感じだ。

「……ではなぜ、あの人の言うとおりの価格で買い取ったのですか？」

「ああいった手合いは、こちらがつけた値には高くとも安くともケチをつける。そうなると話し合いも面倒になるものだ。だから、最初から向こうに値をつけさせるんだ。それが向こうが最低限欲しい金額と同等か、少し欲を出した金額だろうからな」

「そうすれば、相手の中では少なくとも損はしませんものね……」

「そうだ。損をさせられたと感じれば、ああいうのはそこかしこでうちの評判を下げるようなことを触れ回る。まあ……今さら下がる評判などないが」

感情がこもらないように聞こえる声ではあるが、やはりそこに含むものはあったのかと文子は気づく。そして、去ったと思ったらあの男性への怒りが再び湧いてくる。

「嫌な人でしたね……ひどいことを言うし」

不満はあるものの、誰かを悪しざまに言うのには慣れていない。だから、文子は口の中でもごもごと持て余すように言った。

「怒っているのか。まあ、邪な心根を隠さず言葉をかけてくる存在に不快な気持ちになるのは無理もないな」

やはりあの男性とのやりとりは聞かれていたらしく、清志郎は少し慰める口調で言う。

もちろん、お尻を触られたことも妙な口説かれ方をしたのも不愉快だ。しかし、それ以上に清志郎の悪口を言われたのが腹立たしかったのだ。

「触られたり変なことを言われるのは慣れているからいいのです。でも、何も知らないのに清志郎さんのことを悪く言うから、それが私、許せなくて……」

「それで声を荒らげていたのか。俺のことで怒らなくてもいいのに。それこそ、慣れている」

静かに言うその声に怒りは微塵も浮かんでいないが、それがまた文子は嫌だった。まるで清志郎は、他者から理解されるのを拒んでいるようだと感じられる。

「……慣れてはだめだと思います」

「あんたこそ、慣れるな。その顔で生きていくんだ。慣れるのではなく、うまい切り返しを覚えるんだ」

清志郎を心配したのに、彼はそれには答えず、文子を諭すみたいに言う。うまいかわし方や切り返しが必要なのは、文子もわかっているのだ。しかし、もともとが口下手だからどうしていいのか考えつかないのである。

「……いっそのこと、誰にも顔を見られなくなればいいのに。私も、お面を被って生きたほうがいいのかもしれません」

異母妹のように過剰に疎んでくるか、下心を持った男が関心を寄せてくるのなら、顔を隠して生きたほうが楽なのではないかと思えてくる。しかし、それを聞いた清志郎は首を振る。

「勧められんな。こんなものを自ら進んでつければ、いずれ外れなくなるぞ」

「え……」

それは自分のようにだろうかと尋ねたかったが、清志郎は玄関に運び込んだ古道具を手に蔵へと向かってしまった。その背中からは、明確な拒絶の意思を感じた。

怒るという不慣れなことをしたのもあって、文子は疲れていた。彼を追い、どういうことなのかと子細を問う気力は残っていない。

(清志郎さんのあのお面は、自分でつけて外れなくなってしまったということ……？)

心の中で考えたが、当然答えは出なかった。

二

蔵じまいをした男性から古道具を買い取ったという評判がどこからか伝わったのか、それから毎日ひっきりなしに蔦之庵には客がやってきた。

やはり人の興味を引いているのは昔の道具類らしく、清志郎がそこそこの値をつけたものばかりだったのに、飛ぶように売れていった。文子にはよくわからないが、古い道具に憧憬を抱く人たちは多いらしい。

そして、そういう人たちは懐にも余裕があるため、清志郎が蔵の中で眠っていた、これまでなかなか買い手がつかなかったものを「実はとっておきがあるのですが……」と言って奥から持ち出してくると、ほとんどが気持ちよく買っていってくれるのだ。

なかなか客も来ないこんな古道具屋がいかにして利益を出しているのか不思議だったのだが、清志郎のその手腕を目の当たりにして文子は理解した。彼はなかなか商売上手らしい。

「すべて売れましたね」

客が帰ったあと、作業場で帳簿をつける清志郎に文子は声をかけた。蔵の一角を見ると、あの侍もどこかほっとした様子でいる。おそらく、連日人間たちが訪ねてくるのは、きっと落ち着かなかっただろう。人ならざるものにそういった感覚があるかどうかは、わからないものだが。

「道具の状態が良かったからな。昔の道具というだけで欲しがる者がいるのだから、状態が良ければすぐに買い手がつくのは当然だ」

「ついでに、よくわからない品々も売れましたしね」

道具類をもろもろ十円で買い取ってしまったときはきちんと利益を出せるのだろうかと勝手に心配していたが、何も問題はなかったらしい。心なしか、彼が算盤(そろばん)を弾く音も軽快だ。

　ここに置いてもらっている以上、店が儲かっているのは文子も安心である。だから、儲けが出て帳簿をつける清志郎の様子が明るいと、文子も嬉しくなる。

「まあただ、人が群がって我も我もと買っていくのを見て欲しくなって買ったはいいが、あとになっていらないと言って突き返しに来ることもある。だから、こうして帳簿をつけているわけだが」

　嬉しくて楽しく掃除をしている文子に対し、清志郎は冷静だ。

　そういうこともあるのかと聞きつつも、そのとき文子はあまり真剣に捉えていなかった。

　だから、それから数日して返品に来たという話を聞いてがっかりしてしまった。

「返品されたということは、いただいたお金もお返ししたのですか？」

　昼食を作っていると、何だか困った様子で清志郎がやってきた。「返品希望の客が来たんだ」とわざわざ伝えに来たから、返金を要求されて困っているのだと文子は判断した。

　しかし、どうやら違うらしい。

「客は、とにかく『引き取ってくれ』の一点張りで……返金はしたが、本当はそれすら受け取りたくない様子だった」

「それでは、お金が惜しくなって返品しに来たわけではないということですか」

「ああ。何でも、『鏡に幽霊が映った』らしい」

「そういうことでしたか……」

客が古道具を返しに来た理由も、清志郎がこうしてわざわざ台所までやってきた意味もわかり、文子は料理を切り上げる。幸いまだ火は使っていなかったから、目を離しても問題はない。

「清志郎さんは、その品を私に見てほしいのでしょう？　何か曰くがないか、確かめねばなりませんものね」

「そういうことなんだが……頼んで悪いな」

文子が察して申し出ると、清志郎はバツが悪そうに言う。文子にものを頼むのをためらっているというよりは、頼む内容が内容なだけに申し訳なく思っているのだろう。

蔵へ向かいながら、「わざわざ幽霊やおばけの類をあんたに見ろと言っているようで悪いんだが……」と言うものだから、文子は「いえ」と小さく返すしかなかった。

もっと威張って命じることもできるのに、清志郎はこんなにも申し訳なさそうにする。

文子としても、進んで人ならざるものを見たいわけではないが、それを見ることで清志郎の役に立てるのなら構わないと思っている。だが、それをうまく言葉にできなくて、ただ黙って後ろをついて歩く。

「この鏡台なんだが……」

返品されてそのまま置いていたのだろう。作業場にその古道具はあった。

それは黒い漆塗りの鏡台で、蝶と松竹の蒔絵が施された立派な品だ。台に立てかける銅鏡の表面が少し曇ってしまっていることくらいしか瑕疵のない、素人の文子から見ても状態のいい古道具である。

昔の道具だと言われてもピンと来ないし価値もわからないが、わからないながらも魅力を感じるこの鏡台が突き返されてしまったことを、文子は残念に思った。

「返しに来られたお客様は、この鏡に幽霊が映ったとおっしゃったのですか？」

「ああ、そうらしい」

鏡台に近づいても、特に何も感じられなかった。だが、あの侍が憑いている刀のような例もある。あれも最初は何も感じなかったが、のちに姿を見せるようになった。

だから、今見えないからといって何も憑いていないことにはならないとわかるものの、鏡を覗き込んでも、怪訝な顔をする自身の姿が映るばかりだった。

「すみません……私には何も」

「あんたに見えないのなら、当然俺にも見えないな。客は、えらい怯えぶりだったんだが。何でも、櫛で髪を梳く女の霊が映っていたと」

「それは、具体的なものを見たのですね……」

何も感じないものの、客が見たというその光景を想像すると背筋がゾッとした。

禍々しいものも、まるで景色に溶け込むようにただそこにいるものも、これまで様々な人ならざるものを見てきたが、総じて言えるのはどれもあまり気分がいいものではないということだ。文子の場合は、ただ見ただけでは生きた人間と区別がつかないという問題もあるが、そうとわかれば気味が悪い。

だから、この鏡台を突き返しに来た客がひどく怯えていたと聞かされても、それは当然だと思った。

しかし、今現在は何も見えないのだから、何がその客を恐れさせたのかはわからなかった。

「今のところは、何も見えません」

「そうか」

「お役に立てず、すみません……」

視ることを期待して連れてこられたというのに、何も視えなかったのが申し訳ない。

だが、清志郎に気にした様子はなかった。

「いや。ひとまず、今は何もないことがわかってよかった。これをこのまま蔵に置いておくかの判断に迷っていたんだ。障りがあるものなら、即刻処分しなければならないかな」

「処分……」

清志郎の言葉を聞いて、文子はもう一度鏡台に視線をやった。見れば見るほど美しい、とてもよくできた品だ。

文子には縁がないが、この鏡台の前で毎日髪を梳いたり、白粉をはたいたりするのはきっと楽しいだろう。このような美しい品は、生活を華やがせるためにあるのだ。

それが処分されてしまうのは惜しく感じられて、文子の気持ちはしょんぼりする。

「処分といっても、すぐにではない。しばらく様子を見て何もなければ次の買い手がつくのを待ってもいいし、戸田あたりに話をつけて持っていってもらってもいい。ただ、あいつが欲しがるものかどうかは微妙なところだから、何かあるのなら手放すことも念頭に入れておかねばというだけだ」

文子がしょんぼりしたのに気づいた清志郎が、そっとなだめるように言ってきた。

これまでさんざん感情がわかりにくいと言われてきたし、異母妹には「お面をつけてるみたいに澄ました顔」などと揶揄されてきたのに、清志郎は文子の心をよく汲み取ってくれる。彼の考えていることは、その面のせいでわかりにくいが。

「とにかく、しばらくは様子見だな」

清志郎がそう話を締めくくったことで、鏡台についての話題はそれまでになった。

蔦野家の庭は、手入れはされていないものの様々な庭木が植えられている。今は桜が見頃を過ぎ、風が吹くたび薄紅色の花弁をハラハラと散らしていた。

見る分にはきれいではあるが、散ったままの花びらを地面にそのままにしておくわけにはいかず、この頃文子は朝の掃き掃除が忙しい。

「おはよう、文子ちゃん」

「トキさん、おはようございます。おでかけですか？」

文子が家の表を掃き掃除していると、トキが声をかけてきた。

今日のトキは洋装姿で、見るからにめかしこんでいる。その華やかな様子から、これからどこかへ出かけるのがうかがえる。

「活動写真を見に行くのよ。学生時代のお友達と一緒に」

「へぇ、いいですね」

活動写真を見に行くというのも羨ましいが、文子が何よりいいなと思ったのは、トキのその華やいだ様子だ。

これまで文子が活動写真を見たことがなかったのは、お金に余裕がなかったのもあるが、一緒に行く親しい人がいなかったのである。

しかし、いつもより少しおしゃれをして、街へ繰り出して活動写真を見て、そのあとどこかで食事をするという過ごし方への憧れはほんのりとは抱いていた。

だから、目の前のトキが今からまさにその憧れの過ごし方をするのがわかって素直に羨ましくなったのだ。

「ねえ、今度ハナさんも誘って三人で行きましょうよ」

文子が羨ましがっているのを察したのか、トキがそう提案する。誘われて一瞬胸が高鳴ったが、その嬉しい気持ちもすぐに萎(しぼ)んでしまった。

「お誘いは嬉しいのですが……」

「大丈夫よ。若いお嬢さんだけで街へ行くとか活動写真を見るのを咎める人はそりゃいるけれど、ハナさんと私が保護者としてついて行くのだもの」

文子のためらいを、トキは違う理由と考えたらしい。街へ遊びに行くのはちっとも危なくないことや、文子くらいの若い女の子もたくさん歩いていることを教えてくれる。

文子も、自分と年が変わらない女性たちが街で遊ぶことは知っている。むしろ、異母妹の光代がカフェーや洋食屋へ行った話を聞いていたから、それを内心では羨ましく思っていたのだ。

だから、文子が気にしているのは若い娘の行動として咎められることではない。

「清ちゃんも、文子ちゃんが私たちと遊びに行くのを許さない人じゃないでしょう？」

「それは、そうだと思います……」

文子が色よい返事をできずにいるから、トキの心配は清志郎に向いてしまった。

清志郎に渋られるとは、文子も思っていない。彼ならば文子が出かけたいと言えば、止めることはないだろう。快く送り出すというよりも、「好きにするといい」と言うに違いない。

だから、このまま清志郎が文子の行動を制限しているかのような誤解は、トキにしていてもらいたくなかった。そんなことをしてしまったら、厚意で蔦野家に置いてくれている彼の親切心を踏みにじることになってしまう。

「……私、よそ行きの着るものを持っていなくって……」

思いきって言ってしまうと、恥ずかしくてカッと頬が熱くなった。

着るものについてこれまで気にしたことはあまりなかったのに、この前からずっと心に引っかかり続けていたのだ。蔵じまいをしたというあの男性が、文子を清志郎の妻ではなく女中と間違えたときから。

不潔ではないようにと、そこまで見苦しくないようにと最低限気遣って身につけている文子の装いでは、誰かの妻だと思われることはないのだ。それはつまり、トキやハナと一緒に出かけたら、彼女たちに恥をかかせてしまうかもしれないということである。

そして、きれいに着飾っている二人の隣をいつもの擦り切れた着物で歩く自分を想像したら、何だか胸の奥がチリチリするみたいに痛んだのだ。

「おでかけなのに、引き留めてしまってすみません。それじゃあ……」

「あ、文子ちゃん……」

トキが何と言葉を返そうかとためらっているのがわかって、文子は申し訳なくてたまらなくなった。おでかけに行く楽しい気分にこれ以上水を差したくなくて、ペコリと頭を下げて退散する。

母屋に駆け戻りながら、「失敗した」と気がついた。誘われたことに対して、あんなふうに答える必要などなかったのだ。

トキはきっと、社交辞令で誘ってくれたのだ。それならば、文子も「そうですね、機会があれば」くらいの返事をしたらよかったのだろう。

それなのに真剣に受け取った上に、気を遣わせるようなことまで言ってしまった。

ただの挨拶と世間話だったはずなのに、それすらうまくできない自分に嫌気が差す。

せっかく優しくしてくれる人たちに出会えたのに、これではそんな人たちにまで嫌われてしまう。

それは嫌だ、と文子は思った。

（今度会ったときに何だかぎくしゃくしてしまったら、きちんと謝らなくちゃ……）

これまで、他人に嫌われるのは仕方がないことで、嫌われたくないと思ったところでどうにもならないと思っていた。しかし、トキやハナは別だ。

彼女たちは清志郎の妻というだけで、文子に親切にしてくれる。きっと、彼の妻という立場がなければ優しくしてもらえることなどなかったかもしれないが、それでも他人からあんなに親切にされることなく生きてきた文子にとっては、得難い存在だ。

それを失いたくなくて、文子の心はざわついていた。その心の乱れは、隠そうにも外に漏れ出してしまうものらしかった。

「あんた……何か、あったのか？」

夕食後、台所で食器の片づけをしていると、清志郎が静かにやってきて尋ねてきた。

たまに、彼の好物や気に入るものを作ったときは、こうしてわざわざやってくることがある。だが、こんなふうに様子をうかがいに来たことは初めてだったから、文子は驚いてしまった。

「何か、とは……？」

「いや……少しばかり、いつもと味つけが違った気がしたから、もしや体調が悪いのかと。様子を見に来てみたら、やはりいつもとは違うから声をかけてみた」

「味が……すみません」

彼が食べたのと同じものを文子も食べているが、まさか味つけに失敗している自覚はなかった。というよりも、何を食べたのかあまり意識していなかった。それほどまでに、今日は気もそぞろになっていたのだ。

「体調は、悪くないのですが……」

今日あったことを、話してしまおうかと思った。

トキにせっかく誘われたのに、よそ行きの着るものがないからと断ってしまったこと。もしかしたらそれはただの社交辞令だから、真剣に受け取らなくてもよかったかもしれないこと。

だが、それを言えば清志郎に着るものを買ってくれとねだっていることになると思い、やめた。

おそらく彼は、文子が着るものが必要だと言えば買ってくれるだろう。しかし、それが文子は嫌だったのだ。

もし自分が本当に彼の妻なら、そのくらいの主張は通してもらってもいいのかもしれない。しかし、実際はただの居候だ。彼の厚意で家に置いてもらって食事と寝るところまで提供してもらっているのに、着るものまで欲しがって許されるはずがなかった。

「……疲れていたのかもしれません。今日は早めに休みます」

言えるわけがないから、文子はそう言ってごまかした。

「そうか……しっかり休んでくれ」

翁面の向こうで釈然としていないのは伝わってきたが、彼はそれ以上何も言わずに去っていった。

彼がこんなふうに優しいから、欲が出てきてしまっていたのだ。

自分の立場を弁えて思い違いをしないよう、文子は己を戒めた。

その翌日。

いつものように朝食のあと、庭の掃き掃除に追われていると、思わぬ来客があった。

「ごめんくださぁい。文子ちゃん、いるー？」

母屋の裏を掃除していたとき、玄関のほうからそう呼ばう声が聞こえてきた。

（トキさんとハナさん？）

文子のことをそんなふうに呼ぶ人は、他に思い当たらない。昨日あんなことがあったばかりで、一体何だろうと、少し怖くなった。

だが、もしぎくしゃくしてしまうのなら、謝ろうと思っていたのだ。そして謝罪は早ければ早いほどいい。

ためらいながらも、文子は表へ回っていった。

「……おはようございます」

「ごめんなさいね、お掃除中だったの？」

「いえ、ちょうど道具の片づけをしていましたから」

身構えてしまう文子に対して、トキは普段と変わらない。ハナの様子も、特におかしなところはないように感じられた。

いつもと違うといえば、彼女たちがそれぞれの手に風呂敷包みを持っているところだ。

「昨日ね、トキさんと話したんだけど、若いときの着物ってもう着られないくせに気に入ってるから捨てられないのよね」

「それで、せっかくなら文子ちゃんに着てもらえたら嬉しいと思って、お互いにいろいろ見繕って持ってきたの」

そう言って、二人はそれぞれ風呂敷包みを差し出す。中身が着物なのだとわかって、文子は嬉しいと思う前にひどく申し訳なくなった。

「これ……私が昨日、よそ行きを持っていないと言ったから……」

「違うのよ！　私が勝手に、頭の中で文子ちゃんはどんなのが似合うかしらって考えていたら、自分が若い頃に着ていたものを着てもらいたくなっちゃって……大事に取っておいたところで、うちは息子ばかりだから」

遠慮する文子に、トキは風呂敷包みを少し強引に受け取らせる。それを笑って見ていたハナも、トキが持たせた風呂敷包みの上に自分が持ってきたものを積み重ねるようにした。

「うちは女の子二人だけど、あの子たちは洋装に夢中だから。ひとりは将来は洋裁学校を出てドレスを作って着るんだって言って、あたしの着物になんか興味示してくれないし、もうひとりはデザイナーになるとか言って、新しいものにしか関心がないのよ」

そう言って、ハナはトキと「ねー」と言い合う。

きっと、こうして訪ねてくるまでに、何と言って渡せば文子が気に病まないか考えてくれたのだろう。それがわかるから、受け取れないと言って二人の気持ちを突き返すことはできなかった。

「……ありがとう、ございます」

「いいのいいの。というより、私たちがもっと早くに、清ちゃんが気が利かない男だってことに気がつけばよかったんだけどさ」

「そうよね。文子ちゃんが慎み深い性格だってわかってるんだから、清ちゃんが気を利かせて何でも買ってあげなくちゃいけないのに」

文子がためらいがちにお礼を言うと、トキもハナも清志郎の性格について言及する。

二人が口々に彼の困った部分について言うのを文子は、「清志郎さんが悪いわけではなく……」だとか「私が勝手に遠慮して……」とか、どうにか口を挟もうとしたのだが、長年彼を知っているからか容赦ない。

「こうやってお下がりをもらったらきっと、半襟が欲しいなとか帯や下駄も新しいのがあったらなって思うだろうから、とりあえずどれか着てから清ちゃんに見せに行って、何かおねだりしてごらん」

「そうそう。おしゃれしているところを見たら、きっと買ってやろうって気になるから」

「わかりました……ありがとうございます」

トキとハナの気遣いが嬉しくて、文子は改めてお礼を言った。

それから、二人が帰っていくのを見送って、すぐに自室に戻って風呂敷を広げてみる。

「わぁ……」

出てきたのは、色鮮やかな着物の数々だ。

紫地に大柄な白の花模様が散ったもの、赤地に淡い青の矢絣(やがすり)、薄紅色の菱形模様の上に様々な色の蝶が舞う模様のもの、白黒の市松模様にところどころ赤い椿の模様が入ったもの、などなど。

確かにトキやハナの言うとおり、二人が若いときに着ていたものだろう。だが、まだ十二分に着られる状態のもので、それこそ古着屋に持ち込めば良い値がつくだろう品だ。

それを二人は、ただで文子に譲ってくれたのだ。

受け取ってすぐは、申し訳ない気持ちでいっぱいだった。しかし、いざもらった着物を広げてみると、その鮮やかさに胸がときめき、嬉しくてたまらなくなった。

これまで手に入らないからと諦めていただけで、自分が本当は人並みに年頃の娘らしく、きれいな着物が欲しかったのだとわかる。

「どれにしよう……」

せっかくいただいたのだから、箪笥の肥やしなどにせず、今すぐ着てみたい。文子は悩んでから、蝶が舞う薄紅色の菱形模様の着物を選んだ。

いそいそと、着ていたボロの着物を脱ぎ、選んだ着物に袖を通してみる。着付けて帯を結んでみて、確かにこれは着物に合わせて新しい帯が欲しくなるものだと、ウキウキしながら思った。

「……そうだ！」

着付けてから、文子は髪型も変えてみたくなった。雑誌の中で、今流行りの髪の結い方を載せているページがあったのを覚えていたのだ。

難しい髪型にするには鏡を見ながらのほうがいい。しかし、文子は自分が小さな手鏡ひとつしか持っていないことに気がついた。

あきらめようかと思ったものの、開いた雑誌のページを見て、やはりその髪型にしたい気持ちが膨らむ。マガレイトという、三つ編みを輪っかにしてまとめる結い方が、可愛らしくて一等お気に入りなのだ。

悩んだ末、文子は雑誌を手に蔵へと向かった。そこに、返品された立派な鏡台があるのを思い出したのだ。

女の霊が映るとのことで突き返された鏡台だが、それから数日、掃除の際にも文子は何も見ていない。

だから、髪を結うために少し覗くくらい大丈夫だろうと考えた。

もしかしたらまだ蔵は開いていないかもしれないと思ったが、今日はもう開いていた。

だが、中を覗くとそこに清志郎はおらず、鍵だけ開けて母屋に戻っているようだ。

不用心だなと思いつつも、彼がいないのならしばらく鏡の前で支度ができて好都合である。しかし、浮き立つ気持ちで鏡台に自分の姿を映そうと近寄って、ゾッとするものを目の当たりにする。

鏡を覗くと、そこには女がいた。自分の姿が映っているのではない。全く、見覚えのない女性が鏡の中にいた。

女性は、口元にほんのり笑みを浮かべて髪を櫛で梳いている。ゆるく波打つ、艶のある黒髪の女性だ。年の頃は、文子と同じか少し上くらいに見える。

きれいな着物を身に着け、お化粧をして、あとは髪を結うだけなのだろう。そのウキウキした様子から、どこかへ出かける前なのかと想像させられる。

(幽霊、ではないみたい。じゃあ、これは……)

しばらく見つめていても、文子には鏡の中のその光景が何なのかわからなかった。禍々しさもなく、鏡の中の人物がこちらに気づくこともない。

「おい、あんた」

「わっ……！」

突然後ろから呼びかけられ、文子は飛び上がらんばかりに驚いた。慌てて振り返ると、今度はなぜか呼びかけたはずの清志郎が驚いている。

「あんたか……俺はてっきりよその娘さんが勝手に蔵に入ってきたのかと……」

「驚かせてすみません……私です」

翁面越しにも、清志郎がかなり驚いているのが伝わってくる。顔を見てもまだどこか信じられないのか、しげしげと見つめてきた。

「その格好は？」

「これは、さっきトキさんとハナさんからお下がりをいただいて、さっそく着てみたくなって……」

「そうか。よかったな。それを着て、どこかへ出かけるのか？」

見慣れない着物を着ている理由については納得できたようだが、文子の行動をまだ清志郎は理解できていない。

当然だろう。まさか、わざわざ着替えて見せるつもりだったとは思わないだろうし、文子もいざ本人を前にするとためらいが生じていた。

「いえ……ただ、いただいた着物を清志郎さんに見せようと思って、それで……」

「そう、か……」

理由を伝えると、やはり彼はとまどっていた。

これが仲のいい夫婦なら、こんなふうに新しい着物を見せることもあるだろう。しかし文子は、清志郎にとってはただの居候だ。新しい着物を見せられたところで、反応に困るのは当然である。

「せっかくだから、どこかへ行くか」

「え？」

「めかしこんでいるんだ。どこにも行かないのはもったいないだろう？」

「あ……はい！」

清志郎が外出に誘ってくれているとは思わず、一瞬とまどった。しかし、意味がわかると途端に嬉しくなって、文子は元気よく返事をした。

「じゃあ、行こうか。支度をしたら玄関に来るといい」

「わかりました」

三

蔵から勢いよく出ると、文子は母屋の自室へ向かった。もう一度手鏡で自分の姿をどうにか映しておかしくないことを確認し、手巾（しゅきん）や財布を入れた巾着を持つ。

この巾着も、トキさんから渡された風呂敷包みに着物と一緒に入っていたものだ。おそらく着物を解いた生地で作ったであろうそれはとても可愛らしく、よそ行きの装いによく合いそうだと思ったのだ。

「おまたせしました」

支度を整えて玄関を出ると、そこには清志郎がすでにいた。よく見ると、羽織がいつもより少し上等で洒落たものになっていて、彼も外出用に装いを改めてくれたのがわかる。

「急な外出だから遠出はしないが、まあ……そのへんをぶらりとするか」

「はい」

清志郎は文子を促すと、静かに歩き出した。その少し後ろをついて、文子も歩く。町まで降りるためのいつもの坂道だが、誰かと歩くというだけで新鮮味があってドキドキする。何より、こんなふうに清志郎と歩くことなどないと思っていたから、こうして一緒に外出できるのが嬉しい。

翁面を被った彼は外では目立つのではないかと思ったが、意外なことに道行く人が彼をじろじろ見ることなどなかった。どうやら、町の人の多くには見慣れたものらしい。

彼がもし奇異な目で見られたらどうしようかと心配していたから、そのことに文子はほっとした。この前の客のような失礼な人間がいたら、今度こそ勇気を出してきちんと文句を言ってやろうと身構えていたのだが、どうやら杞憂らしい。

「いつも魚はどこで買っているんだ？」

店が並ぶ通りにつくと、清志郎が尋ねてきた。

「角のところのお店です」

「そうか。もし乾物が欲しかったら、この先を少し行ったところにある金物屋の隣の店がいいぞ。店は小さいが、なかなか品揃えがいい。メザシもうまいものを仕入れているしな」

「わかりました」

通りの先を指差して説明してくれるのを聞きながら、文子は彼の意図がわかって可笑しくなった。これはつまり、今後そのおすすめの店でメザシを買って食事の一品にしてほしいということだろう。

「ほかにおすすめのお店はありますか？」

「そうだな……八百屋なんだが、うまい漬物も扱っているところがある」

「いいですね。気になります」

「行ってみるか？」

おそらく、その漬物も清志郎の好物なのだろう。それならば購入したいと考え、文子は頷く。

それから二人は八百屋へ行ったり、最初に説明された乾物屋を覗いたり、いつも清志郎があんこ玉を買ってきてくれる和菓子屋へ寄ったりと町歩きを楽しんだ。

日頃文子がひとりで立ち寄る店の前を通りかかると、清志郎と並ぶ姿を見て驚かれたり、「蔦之庵さんところのお嫁さんだったのかい」と納得されたりした。中には、文子が懸念していたような反応をする人もいた。

しかし、大部分の人が清志郎を知っているらしく、今さら奇異な目で見ることはないようだった。

「俺のこの姿はな、怪我で顔に酷い傷があるから隠しているということになっている。秀雄に引き取られてすぐ、あいつが近所の人に触れ回ったから、その頃からの知り合いはみんなそう思ってくれているんだ」

「そう、だったのですね……」

「ここに来て日が浅い人間は露骨な反応をするが、そのうち誰かから事情を聞くか、慣れるかする」

道中、不躾な視線を寄越す人間に文子が腹を立てたのを察したのか、彼はそう説明してくれた。

それを聞いて納得したふりをしたものの、文子の中には何とも言えない気持ちが残る。だが、文子なんかより清志郎自身のほうがよほど嫌な思いをしているだろうから、わざわざ口に出さずにおいた。

「そういえば、何か入り用なものや欲しいものはないか？」

ぶらぶらと歩いていると、清志郎がそう尋ねる。歩くのが楽しくて忘れていたが、トキとハナに言われていたことを思い出した。

(欲しいものを、言ってもいいのかしら……)

あの二人は、清志郎にねだってみろと言う。そして彼は、何か欲しいものはないかと聞いてくれている。

それならば、よそ行きの着物に合わせて小物が欲しいと伝えてもいいものかと悩んだ。いただいた着物で外を歩いてみると、もっと可愛くしたいという気持ちは強くなっていた。

「……よそ行きの着物に合わせて、帯や半襟(はんえり)や、履き物が欲しいです」

「そうだな。あんたは手持ちの着物が少ないようだから、買ってやらねばと思っていたんだ」

納得したように頷いて、清志郎は歩き出した。

断られたり渋られたりすると思っていたから、彼があっさり了承してくれたことに、文子は驚いてしまった。

だが、彼の言っていることがわかると嬉しくてたまらなくなって、跳ね回りたいような気分で彼のあとを追う。

「とりあえず、ここがいいか。もし気に入るものがなければ言ってくれ。ほかの店も覗いてみよう」

清志郎が連れて行ってくれたのは、簪や口紅、扇子などを取り扱っている小間物屋だ。そこにはおしゃれな草履や半襟も並んでいて、品揃えに富んでいるのが見て取れる。

「お嬢さん、いらっしゃいませ。今日は何かお探しですか？」

目にも鮮やかな品々が並ぶ店内で動けずにいる文子のもとへ、店員が近づいて声をかけてきた。真っ赤な紅を差した、妙齢の美しい女性だ。耳隠しに結った髪も、少し広めに襟を抜いた着物の着方もおしゃれなその姿に、思わず文子は見惚れる。

「あの……下駄や半襟など、この着物に合う小物が欲しくて」

「承知いたしました。それでは、いくつか見繕わせていただきますね」

「お願いします」

店員は文子の後ろに控える清志郎にも目顔で挨拶をして、店の奥へと下がっていった。

そして、様々な品を手に戻ってくる。

店員が言葉巧みに、半襟や草履だけでなく、白粉や紅を文子に勧める。勧められた文子がとまどうと後ろの清志郎に同意を求め、彼が「いいんじゃないか」と頷くたびに購入予定の物は増えていった。

「お嬢さんは濡色(ぬれいろ)のきれいな髪をしているから、きちんと油をつけてお手入れしたら、もっと素敵になりますよ。せっかくですから、わたくしに結わせてくださる？」

櫛と椿油(つばきあぶら)の小瓶を手に、店員がにっこり尋ねてくる。すでに白粉と紅までしてもらった文子は、彼女に触れられるのに抵抗がなくなっていたため、素直に頷いた。

店員は手慣れた様子で文子の髪に椿油を馴染ませ、櫛でよく梳かしてから丁寧に編んでいった。

店の隅にある鏡台の前に座らされているから、自分の髪が仕上がっていくのがわかる。それはまさに、してみたいと思っていたマガレイトという髪型だとわかって、文子の胸は高鳴った。

「それなら、この髪飾りももらおうか」

背後で見ていた清志郎が、そう言って髪飾りを店員に渡すのが見えた。店員は髪飾りを受け取ると、仕上げにそれを文子の髪に差す。

「まあ、可愛らしい」

「……素敵」

鏡の中にいるのは、いつもよりぐっと華やいだ自分の姿だ。清志郎が選んでくれた大きなリボン飾りが何だか気恥ずかしいが、自分の目にもよく似合っているように思えた。

女学生たちがこういったリボンをつけているのを見て、髪に蝶々が留まったようで愛らしいなと思っていたのだ。その髪飾りが自分の髪に留められているのを見て、文子は嬉しくなって鏡の前で角度を変えて何度も見てみた。

（おしゃれをしてこんなふうに鏡を覗くのは、楽しいことなのだわ）

はしゃいでしまう自分に気づいて、文子はそうひらめくように思った。

返品された鏡台に映る女性の姿には、禍々しさのようなものは感じなかった。それよりむしろ、今の自分と同じで、おしゃれを楽しむ胸の高鳴りを感じさせるような様子に見えた。

「その髪型、いいな。何というか……縄みたいで」

購入したたくさんの商品を手に、家への坂道を上りながら、清志郎は文子を見ていた。

翁面をつけていて見ることはできないが、今彼がとても優しい雰囲気なのが伝わって、くすぐったい気持ちになった。

縄みたい、という独特の表現も好ましく思える。きっとトキやハナが聞いたら「清ちゃんたら……」と呆れるのだろうが、彼がなけなしの語彙から文子の髪型について言及するための言葉を探してくれたことが嬉しい。

「マガレイトというのです。実は、婦人雑誌に載っているのを見て、やってみたかった髪型なので嬉しいです。この髪飾りも……大切にします」

「ああ」

文子がはにかむと、彼も柔らかな声で応じてくれた。

ただの居候なのに、形だけの夫婦なのに、彼が文子に優しくしてくれることが、心を温めてくれる。彼はこれまで出会ったどの人よりも、文子に優しい。

先ほどの小間物屋で店員に、「変わったお面をつけているけれど、優しい方ですね。ずっとお嬢さんのことを見ているわ」と言われた。他者の目にも彼の優しさが伝わったのだとわかって、文子は誇らしい気持ちで頷いたのだった。

「清志郎さん、そういえばあの鏡台なのですが……」

見たことを報告する前に外出する流れとなってしまい、まだ何も伝えられていなかった。唐突ではあるが、今が伝えるべきときだと思い、文子は口を開く。

「今日、着替えた自分の姿をよく見てみたくなって、蔵の鏡台のことを思い出したのです。そのとき、覗くと女性の姿が映っているのが見えました」

「なんと……ではやはり、あれは何かが憑いているものなのか？」

「憑いているのかはわかりませんが、支度をする女性の様子が見えました」

「……戸田が引き取りに来なければ、寺にでも持っていくしかないか」

清志郎が深刻そうに言うのを聞いて、文子は慌てた。

寺に持っていくということは、おそらく供養ののちに処分するということだ。文子はあの鏡台が処分されてしまうのは、ひどく惜しいと感じていた。

「あの……少しの間、私の部屋に持ち込んで様子を見させてもらえませんか？」

「様子を……あんたに何かあったらどうする」

清志郎は、低い声で言う。顔が見えないぶん、それは怒っているように聞こえるが、心配しているのだろうと文子は理解する。

翁面のせいで表情がわからない上に、彼は言葉少なで心がわかりにくい。しかし、彼が今日してくれたこと、ここに来てからの日々の中で与えてくれたもののことを考えれば、彼が優しい人であるのは明白なのだ。

だから、文子は怒られているのではないと理解する。

「私も、軽はずみに言っているわけではありません。ただ、あの鏡台もこの前の行灯のように安全であることがわかり、価値を見出すことができたらいいと思いまして……あのような品を処分するのは、とても忍びないですから」

「確かに、状態がいい品ではあるが……」

納得してくれる様子のない清志郎を、どう説得したらいいかと文子は思案する。

こういうとき、もっと言葉が上手だったらいいのになと思う。ポンポンと軽快に言葉が飛び交うトキとハナの会話を聞いていても思うし、戸田のようなおしゃべりな人を見ても感じる。

これまでの人生で誰かと言葉を交わす機会があまりに少なかったからこうなったのか、それとも己は元来こういう性分なのか。

わからないが、こんなときは口下手な自分が嫌になる。しかし今は、下手でも何でも言葉を紡がねばならない場面なのだ。

「あの行灯は、自身の強烈な記憶を影絵として映し出してみせました。それならあの鏡台も、これまで自分が使われていた頃の記憶を映しているだけなのかもしれません。鏡に映っている女性は幸せそうで、楽しそうで……だから、それは鏡台にとってとても楽しい記憶なのかなって」

「使われていた頃の記憶が、幸せな記憶か。それをわざわざ見せるということは、本当はまだ誰かに使われたいのかもしれないな」

「そうです！　蔵じまいされるまで、ずっと蔵にあったのでしょう？　そして、昔の道具として買っていった人も、きっと大事にするあまり飾るだけで、実用品として扱うことはなかったのなら……鏡台は、寂しかったのかもしれません」

拙いながらも言葉を紡ぎながら、文子は鏡台に寄り添おうとしていた。そうするうちに、なぜこんなにもあの鏡台が処分されるのが惜しいと感じるのか気づいてしまった。

まだ使える道具が処分されるのは、つらい。いらないと突き返されるのもつらい。

それは、この世に居場所がないと感じる己と重なるからなのだと、言葉にすることで理解した。

「私が使うことであの鏡台の寂しさが少しでも紛れれば、もうきっと気味悪がられることもなくなるでしょう。そうすれば、また誰かに買われるかもしれない。だから、処分の判断は少しだけお待ちいただけませんか？」

伝えられたのはほとんどが、自分の気持ちだった。

説得ではなく情に訴えることしかできなかったが、文子の精一杯だった。

「俺も別に、積極的に処分したいわけではない。使える道具なら、使ってやるのがいいと俺だって思う」

文子があまりに必死に訴えるからか、とまどい、少したじろぐようにして清志郎は言った。

答えとしては、それだけで十分だった。

蔦野家へ帰り着くと、文子はすぐさま蔵へ向かおうとした。清志郎に鏡台を部屋まで運んでもらおうと考えたのだ。

しかし、それについては、彼はきっぱり首を振る。

「道具として最低限の安全が確認できたら、あんたの部屋に運んでやる。それまではだめだ。もし危険なものだったら、あんたに被害が及ぶかもしれないだろう。そんなことになれば……俺は茂さんに申し訳が立たない」

はやる気持ちを抑えられない文子を宥めるように清志郎は言う。父の名を出されたのでは、落ち着くしかなかった。

「確かに、危険な目に遭うのは本意ではありませんが……安全かどうかの確認は、どのようにして行うのですか？」

「戸田だ」

文子が疑問を投げかければ、清志郎はひどく嫌そうに言った。

「あの男は曰くつきのものを好んで集めている。曰くつきで、なおかつ危険があるものをだ。つまり、あいつがここに運んできたり、自分の店で引き取らなかったものは原則その手のものではないのは間違いないのだが」

本当は戸田を呼ぶのは嫌なのだろう。清志郎の声はどんどん低くなっていった。だが、安全を確認するには彼に見てもらうしかない。

文子は頭を下げてお願いした。

それから数日して、戸田はやってきた。

いつもの洒落た着物姿だが、今日は大きな風呂敷包みを背負っていない。

「文子ちゃんが僕に会いたくてたまらんって聞いて、すっ飛んで来たわ。あ、今日は一段と別嬪さんや。やっぱり女の子ぉは綺麗なべべ着とるんがええね。僕に会えるんが楽しみでおめかししたん？」

やって来てすぐ、彼は流れるように無駄口を叩く。しかし、日頃と着物が変わっているのを目ざとく指摘するあたり、やはり抜け目がない男なのだ。

文子は今日は貰い物の着物の中から比較的におとなしい色と柄のものを選んでいる。それでも、これまでと違って装うことが日々楽しいから、戸田の褒め言葉もちょっぴり嬉しい。

「余計なおしゃべりはいい。今日来てもらったのは、とある品を見てもらうためだ。蔵じまいの際にすでに見たと思うが、念の為だ」

戸田が文子にまとわりつくのを遮るように、清志郎は戸田を蔵に促す。文子も今日ばかりは彼が来るのを待っていたから、早くその目的を果たしてもらおうと、目顔でそれを訴えた。

「ああ、この鏡かぁ。これがどないしたん？」

促されて蔵に入ると、目的の品が何かわかった途端、興味をなくしたようだった。彼が今日来てくれるとわかってから、見てもらいやすいようにと蔵の扉近くまで移動させておいたのだ。

「一度は買い手がついたのだが、女の姿が映るという理由で突き返された。うちに戻ってきてからも、女の姿が映るのは変わらん」

清志郎の言葉を後押しするように、文子も頷く。あの日、買い物から帰ってから、清志郎も改めて鏡を見たときに確認している。つまり、彼の目に見えるということはおそらく、幽霊などの類ではないということだ。

「僕が引き取らんかったってことは、何もないってことやな。まぁ、人間やから見落としはあるわな」

戸田は鏡を覆っていた布を取り去ると、怪訝そうに覗き込んだ。しばらくそうしていても、鏡面は彼の姿以外映さないようだった。

「私と清志郎さんが見たときは、映ったんですよ……あ」

なぜ何も映し出さないのだろうと文子が不思議に思って覗き込むと、途端にそれは例のものを映し出した。

にこやかに髪を櫛けずる女性の姿。白粉をはたいたり、紅を差したり、楽しげな支度の様子が映し出される。

「なるほどなぁ。この鏡、えらい構ってなんやな。僕には用はないけど、文子ちゃんには使うてもらいたいから、使い方を教えてんねん。生意気やなぁ。まあ、置物にせんと毎日使うたらええんとちゃう？」

戸田はまるで、鏡が意思を持っているかのように言う。

「それはつまり、この鏡は安全ということですか？」

「この事態を気味悪う思わんのやったら、害はないやろ。少なくとも、僕が集めとる類のもんとはちゃうわ」

戸田は興味を失ってしまったらしく、また元のように布をかけてしまった。あっという間に、鏡の検分は終わってしまった。

「では、この鏡台は私の部屋に置いてもいいということですね」

文子がほっとした様子で言えば、清志郎は仕方がないというふうに頷く。

「清志郎はん、ケチやな。文子ちゃんに新しい鏡も買うてやらんのかい」

二人のやりとりを見ていた戸田が、呆れたように言った。これでは清志郎が文子を虐げているように見えてしまうと、文子は慌てて口を開く。

「違うのです！　私がこの鏡を気に入って、返品されこのまま処分されるのでは忍びないと思い、使ってあげたいと申し出ていただけで……」

「冗談やて。清志郎はんが文子ちゃんに甘々なんは、ちゃあんとわかっとるよ。だってこの人、基本的には他人と距離を取るもん。そんな人が何くれと世話を焼いて手元に置いとくゆうんは、それだけ気に入っとるいうことや」

文子が清志郎を庇おうとしているのを察して、戸田は上機嫌で「ワハハ」と笑った。それを聞いた清志郎が不機嫌そうに頭をかくのを見て、戸田は清志郎を怒らせるのが本当にうまいなと感心する。

「俺は別に、他人と距離を取ってなんか……きちんとご近所づきあいだってしている」

戸田の言葉に、清志郎は不満そうに反論した。不満に思うのがそこだったのかと、文子は何とも言えない気分になる。

「それは相手が親切やお節介で踏み込んできてくれたときだけやろ。清志郎はんから踏み込むことはない。それなのに、今回嫌いなはずの僕をわざわざ呼びつけてまでこの鏡を見せたのは、可愛い可愛い文子ちゃんのためやろ」

「別にそんなんじゃ……」

清志郎は言い返しかけたが、最後まで言い切ることはなかった。それを聞いた戸田が「いい加減認めたらええのに」と面白がるように、半分呆れたように言う。

戸田が何を認めさせたいのか、清志郎が何を認めたくないのか、はたで聞いていた文子はわからなかったが、とにかく鏡台を手元に置いておいても良さそうだとわかり、ほっとした。

「ほんじゃまぁ、今日の用事は済んだみたいやし、僕は帰るわ。曰くつきの恐ろしいもんが手に入ったら、そんときはまたよろしゅう」

「ありがとうございました」

わざわざ来てくれた彼を、文子は感謝して送り出す。ひらひらと手を振りながら、ふと戸田は狐面のような顔に真剣な表情を浮かべた。

「文子ちゃんは優しいから、古道具にも心を寄せてやれるんやねぇ。そういう心があるから、道具も文子ちゃんを好くんかもしれん。道具は百年大事にすると化けるんやで。

文子ちゃんはそういう化生（けしょう）のものにも好かれやすいんちゃうかな。——せやから、気ぃつけえよ。その優しさにつけ込むもんも出てくるかもしれん」

低い声で、囁くように言ったかと思うと、戸田は今度こそ蔵を出ていった。そのあとをついて、文子と清志郎は彼の姿を竹垣の外まで見送る。

「あの男の言ったことは気にするな。あいつはあんな意味深なことを言うが、次に会ったときは自分がそんなことを言ったなんて覚えていないのだからな」

彼が言ったことの意味を計りかねていた文子に、そっと清志郎は声をかける。小石を投げ込まれた水面のように、心に細波（さざなみ）が立つのを感じていたのが、その言葉によって少し落ち着く。

何より、鏡台を部屋に置いてもいい許可が出たのだ。文子の今一番の関心事はそれだった。

「さて、それじゃあ鏡台をあんたの部屋に運び込むとするか」

「はい！」

文子がそわそわするのを察してか、清志郎は再び蔵に向かっていった。彼ひとりで運べる程度の大きさのものだが、自分の部屋に運んでもらうのに知らんふりはできないと、彼のあとに続く。

清志郎は黙々と、鏡台を蔵の外に運び出して、そのまま母屋の文子の部屋に持っていった。

「……女が暮らしていくには、あまりにも物がないな」

どこに置こうかと考えるように部屋を見回してから、彼は何だか申し訳なさそうに言う。

彼が申し訳なさそうにする理由がわからず、文子は首を傾げる。

「ふかふかのお布団も用意していただいておりますし、箪笥も置いてくださっているので、暮らしに不自由はありませんが……」

「いや、鏡台もそうだが、衣紋掛けやら文机やら化粧箱やら、ないと困るものがたくさんあるだろう」

「ないのが当たり前でしたので、それを不便とは思わずにいましたが……」

文子が何でもないことのように言うのを聞いて、今度こそ清志郎は絶句した。どうやら文子にとっての当たり前は、清志郎にとってはそうではなかったらしい。

「……あんたがこれまでどんな環境で生きてきたかはこの際置いておくが、ここでこれから生きていくんだ。必要なもの、あったらいいなと思うもの、思いついたらきちんと俺に教えてくれ。これでも気を配っているつもりだが、なにぶん、気が利かんからな」

清志郎がいろんなものを呑み込んで何かを伝えようとしてくれているのは察した。それが彼の優しさから出た言葉だというのも、きちんと理解できた。

居候の身でありながら、そんなによくしてもらっていいのだろうかと、ためらう気持ちも当然ある。だが、だからといって彼の善意を無下にしたくはないから、文子は素直に頷いた。

「わかりました。これから、欲しいものができたらきちんと清志郎さんに言います」

「そうしてくれ。戸田が言っていたように、あんたは優しいんだ。だから、その優しさに報いる存在がいてもいいと思う。それに……俺はな、あんたは楽しそうにしてるのがいいと思うんだ」

それだけ言うと、清志郎は去っていった。

何か言葉を返したいと思うものの何も浮かばなくて、文子はひとり部屋に取り残された。

仕方なく、念願叶って部屋に運び込まれた鏡台の布を取り、それに自分の姿を映してみた。

(楽しそうにしているのがいいだなんて、初めて言われた……でも、それなら毎日少しでも楽しそうにしていたい)

清志郎が文子の優しさに報いる存在になると言ってくれたように、文子も彼にとってそういう存在でありたいと思う。そんなことを考えて、鏡面に向かって笑みを作ってみせた。

第二章

一

緑の匂いを含む心地よい風が吹く縁側で、文子は針を手にチクチクと縫い物をしていた。

その隣では文子の倍くらいの速度で針を動かすトキと、雑誌を手に〝休憩〟しているハナの姿がある。

今日はトキの家に集まって、一緒に縫い物や繕い物をすることになったのだ。

これから夏に向けて、長襦袢(ながじゅばん)の裾直しや冬の間に着ていた綿入れの始末、肌着の入れ替えなどと何かと忙しい。そのため、裁縫の得意なトキに習いながらやれば効率がいいのではとハナが言い出したのだ。

だが実際は、ハナは早々に針仕事の手を止めて雑誌に夢中になっていて、手を動かしているのはトキと文子だけだ。

おそらく、ひとりではトキに何か教わりたいと声をかけられないのではというハナの配慮だろうと、文子は思っている。

「文子ちゃん、上手よ。縫い物はとにかく数をこなすことが大事なの。何枚も縫っていたら、そのうちうまくなっていくから」

「はい。トキさんの手の動きを見ていたら、何だかコツが摑めてきた気がします」

奉公に出ていたときに、縫い物はあらかた仕込まれている。とはいえ、こんなふうに優しく教えてもらうのではなく、怖い先輩や女主人が慣れた手つきで縫う姿を横で盗み見ることくらいでしか覚えることができなかった。

見様見真似でこれまでやってきたことを、丁寧な解説つきで実践すると、新たに様々なことが見えてくる。

何より、ハナが提案したように、誰かと一緒におしゃべりしながら手を動かすのは楽しくて、たくさん縫わなければいけないものがあるのも気にならなかった。

「ちょっとハナさん、〝休憩〟が長いわよ」

「だって、あたし針仕事が好きじゃないんだもの。それより、料理の作り方を見ているほうが楽しいわ」

ハナは先ほどまでは雑誌を見ることを〝休憩〟と言い訳していたのに、はっきり怠けていると認めてしまった。

トキは呆れたように目顔で文子に同意を求めたが、雑誌を見ているほうが楽しいというのは彼女も同じらしい。針仕事の手を止めて、ハナが見ている雑誌を覗き込む。

「そういえば、ポークカツレツって二人とも食べたことある？」

ふと、トキが尋ねた。その理由は、ハナが見ていたのが料理に関する雑誌だったからだ。この雑誌の中に、たびたび家庭でも作れる西洋料理が載っており、それを見て思い出したのだろう。

「ううん、ないけど。ライスカレーならあるわよ」

「私も、ありません」

ハナも文子も、揃って首を振る。文子にいたってはライスカレーすら食べたことはない。

西洋料理は昔のような上流階級の人々のためのものではなく、庶民にも親しまれるものとなっているとはいうが、当然文子には縁のないものだった。

「やっぱりないわよねぇ。でも、洋食研究会に出たことがある人は、そこで作り方を習ったそうよ。私もその人から聞いてはみたけど、やっぱり食べたことがないものは作るのは難しいんじゃないかと思って」

「洋食研究会って、元華族のお屋敷で働いていた料理人の人が開いてる講習会でしょう？　ご令嬢も参加するような講習会で習うものを、家で作るなんて大変よ」

「そうよね。でも、講習会自体は私たちみたいな普通の家の主婦も参加するそうよ」

「そうなの？　でもねぇ、家での食事は豪勢な料理を作るよりも、いかに効率よく品数作るかだとかが大事になるから」

トキとハナはそれから、節約について話した。やりくりのうまさは主婦の美徳だということで、どうやって安上がりにおかずを作るかという話に発展していく。

本来であれば二人とも、女中をひとりくらい雇ってもやっていけるはずの家なのだろうが、ここ最近は自分たちだけで家を切り盛りしていくところも増えているらしい。

一般家庭が女中を雇わなくなると、お金持ちの家に雇ってもらうしかなくなるなと、ほんのり文子は不安になった。職業婦人は増えているというが、自分が電話交換手やタイピストなる職業につくのは、想像できなかった。

「文子ちゃん、まだ洋食を食べに行ったことがないんなら、今度清ちゃんと行ってきたらいいじゃない。たぶん、清ちゃんもまだ食べたことはないはずよ」

節約談義に花を咲かせていたはずのハナが、ふと思いついたように言う。

「そうなんですか？」

「そうそう。何かのきっかけがあれば食べるんだろうけど、新しいものに対しては少し及び腰なのよ」

「馴染みのあるものが安心っていうのはわかるけど、若いのに冒険心がないのはだめよねぇ」

意外に思った文子に対して、ハナもトキもいかに清志郎が保守的かという話をする。言われてみれば確かに、彼が積極的に新しいものを取り入れるのは見たことがない気がする。

「……じゃあ、今度行ってみたいとお誘いしてみます」

買い物も、したいと言えば彼は連れて行ってくれた。だから、洋食も頼めばきっと一緒に行ってくれるだろう。

文子の決意をトキとハナがニコニコしながら聞いていると、玄関のほうから呼ぶ声があった。

それは清志郎の声で、文子はあわてて針と縫っていたものを片づける。

「すみません。うちのがお邪魔してました」

荷物をまとめて玄関まで行くと、そこには見慣れた翁面の彼が立っていた。見慣れたとはいえ、人様の家の玄関先で見るのはやはり不思議な気分になる。

しかし、トキは気にしないようだ。

「お邪魔なんてとんでもない。文子ちゃんは覚えがいいから、教えがいがあるわ」

「それならいいんだが……」

トキの言葉に答えながら、清志郎は仕草で文子に帰るよう伝える。

「お邪魔しました」

「次に来たときは刺繡でもしましょう。無地の半襟もちょっと刺繡をしたら可愛くなるのよ」

「ぜひ教えてください」

次の約束をしていると、奥からハナもやってきた。手に荷物を持っているところを見ると、彼女ももう帰るらしい。

「文子ちゃん帰るなら、あたしもそろそろ帰るわ。長々とお邪魔しちゃ悪いもの」

「ハナさんは帰ってひとりで針仕事したほうがいいものね」

「本当、集まると楽しくなっちゃって。文子ちゃん、さっきの話、清ちゃんにしてみるのよ」

女性たちのにぎやかなおしゃべりが少し苦手らしくじっと気配を殺していた清志郎だったが、いきなり自分の名前を出されたから驚いていた。

だから文子は、二人に暇を告げて玄関を出てから、どんな話をしたのか説明した。

「洋食を食べたことがないというより……俺は外食が無理だからな。トキさんもハナさんも、おそらく俺の事情は忘れているのだろうが」

「あ……そうでした。すみません」

　少し寂しそうに言うのを聞いて、文子は清志郎が人前で面を外せないことを思い出した。

　そのせいで家でも食事を一緒に摂れないのに、外食なんてできるはずがなかったと、今さら気づく。

「いや、そう落ち込まなくていい。むしろ、俺が外食できないとは考えないほど、あんたやハナさんたちが俺のこの面を気にしないでいてくれるということだからな。それは、ありがたいよ」

　清志郎が穏やかにそう言うのを聞いて、文子はよりいっそう胸が締めつけられる気がした。そんなふうに言ってしまうのは、彼がある意味、周囲とわかりあうことをあきらめているからに聞こえる。

　トキもハナも、そして文子も、決して清志郎の事情を軽んじているわけではないのだ。しかし、どうあってもわかりあえない部分はあるのだろう。

　そのことが、文子はとても悲しかった。

「そういえば、何か私にご用だったのですよね？」

　わざわざ呼びに来たのだ。何か理由があったのだろうと、文子は尋ねる。

　すると清志郎は、少しバツが悪そうに言った。

「戸田が来ていてな。また自分が興味を持てなかったガラクタをたくさん持ち込んでいるから、正式に買い取る前にあんたに見てもらおうと思って」

「そういうことでしたら、おまかせください！」

　清志郎はおそらく、文子の〝視える〟目に頼ることにためらいがあったに違いない。しかし、文子は自分のこの困った体質を役立ててもらえる機会があるかもしれないことが嬉しかった。

　呼び戻された目的がわかると、文子は清志郎のやや先を歩いて蔵に向かった。蔵の前には、いつもの洒落た姿の戸田がいる。

「ほんまに連れてきた。文子ちゃんに見せて納得したもんだけ買い取る言われたときは、体のいい断り文句かと思ったのに」

「ガラクタを押しつけられるだけならまだしも、危ないものを持ち込まれたらかなわんからな」

「えー、ひどい。僕がそないなことするわけないやろ。誠実を絵に描いたような男やんか」

　軽口を叩く戸田を無視して、清志郎は蔵の鍵を開ける。わざわざ近所に文子を迎えに出向くだけなのに鍵をかけているところを見ると、やはり戸田のことを信用しきっているわけではないのだろう。

「ほんじゃまぁ、適当に並べさせてもらいましょか」

蔵の扉を開くと、戸田は我先にと中へ入っていき、畳敷きの作業場へと向かう。その縁に腰掛けて悠々と風呂敷包みを解くと、露店でも開くかのように品物を並べていく。

鮮やかな絵付けの茶碗に、蒔絵が施された小物入れに、根付に、印籠に、鋏(はさみ)にと、小物を並べたあと、巻物や大皿などを並べる。

今回も非常に雑多だ。これを値付けするのはひどく難しそうだと、文子は身構える。

「何か感じるもんはある？　文子ちゃんがピンと来るものがあれば教えてな？」

「……今日は、これらをいくらで買い取るか値付けをするのではないのですか？」

戸田にじっと見つめられ、文子は助けを求めるように清志郎を見た。

「値付けというより、何かおかしな気配を感じるものがあったら言ってくれ。それを聞いた上で、買い取るかどうか決めるから」

「わかりました……」

清志郎に考えがあるとわかったから、文子は改めて品物に向き直った。文子には戸田の企(たくら)みはわからないが、清志郎がきちんと見ていてくれるならいい。

だが、気配を感じ取れと言われても、すぐにはわからなかった。これまで文子は視ようと思って視ていたわけではなく、むしろ視せられていたから。

それでも、清志郎が期待をかけてくれているのだ。それに応えるために、真剣に感じ取ろうとした。

「この掛け軸は……古いけれど、これまでちゃんと大事にされてきたものという感じがします。でも、こっちのお皿は何というか、手に触れたとき気持ちがざわつくような気がしました。こっちの根付は……」

ひとつひとつ、文子は手にとって確かめながら感想を述べた。あくまでも、感想でしかない。

しかし、戸田は面白そうな表情を浮かべて聴き入っているし、清志郎もかすかに頷いている。

神経を研ぎ澄ませて古道具に触れていると、それぞれ感じるものが違うことに文子は気がついた。

ざわめく感じはするものの不快ではないもの、触れると体の奥からゾッとするような嫌な気配がするもの、そういった感覚はなくただ静かにそこにあるもの。

そんなふうに感じたものをすべて言葉にして説明してみると、戸田も清志郎もなぜだかひどく感心した様子だった。

古道具について玄人である彼らがそういった反応をするのが何だか恐ろしくて、文子はだんだんと不安になっていった。

「あの……こんな素人の感想が、何かのお役に立ちますか？」

「素人なんてとんでもない！　やっぱ文子ちゃんはすごいで！　僕があらかた見当つけとったとおりのことを言うてくれたわ！」

不安げな文子に対し、戸田は手を叩いて喜んでいる。一体何が彼をこんなふうに喜ばせたのかわからなくて、文子は視線で清志郎に助けを求める。

「戸田はな、いわゆる付喪神（つくもがみ）になりかけている古道具かどうかをあんたに見抜かせようとしていたんだ」

「付喪神……？」

「道具は百年を経ると精霊が宿り、人間に害をなすものになると言われている。それが付喪神だ」

話が読めないでいる文子に、清志郎はまず付喪神の成り立ちから説明してくれた。

大昔から長い年月を経ると古道具や植物、動物には精霊が宿り、人間をたぶらかすようになると言われているのだという。そのため、古道具が悪さをしないように年の瀬には煤払い（すす）の際に古道具を路地に捨てる習慣を持つ地域もあるらしい。

「それで、簡単に言うと戸田は付喪神がついた古道具を集めているから、ここにある古道具がいずれ化けるのかどうか、あんたに見定めさせようとしていたんだ」

「付喪神っちゅーか、強烈な物語を持った物が欲しいんや。せやから、危ないもんはうちが引き取るって言うとるわけやな。それにしても、やっぱただ古いだけではあかんのやなぁ」

文子に解説してから、戸田はしみじみした様子で自分が持ち込んだ古道具を手にした。

「たぶんやけど、文子ちゃんが嫌な感じがした言うんは、本来やったら対（つい）になるもんや複数を組み合わせて一つになるもんが欠けてしもうとるやつ。損なわれた道具が恨みの念を持つぃうんは、あながち嘘ではないっちゅーことやな」

そう言って戸田が指差すのは、蒔絵が施された小物入れや鮮やかな絵付け皿だ。彼が言うには小物入れは化粧道具の中の一つで、皿は数枚で一組になるはずのものだという。

「そんで、気配は感じるものの嫌な感じはせんかったもんは、ひとつで完成しとる道具やな。あと、何も感じんって言うたんは、御一新より前の頃の道具や言うて持ち込まれとるけど、実際はまだ月日経ってへん道具やな。付加価値つけよ思て、偽物の古道具を拵えるやつもおるんよ。このへんの掛け軸はみんな贋作（がんさく）や」

価値なしとみなしたらしく、巻物に対する戸田の扱いはぞんざいだ。文子は絵の良し悪しはまるでわからないから、指摘されるまでそれが偽物だとは全く思っていなかった。

「目利きは追々鍛えていくとして、あんたのその目はこの仕事では役に立ちそうだな」

「……本当ですか？」

付喪神になりかけのものを見抜いたと言われてもいまいち喜んでいいのかわからなかったものの、清志郎にそう評価されると、文子は嬉しくなった。

「行灯のときもそうだったが、おそらくあんたは〝これは〟というものを見抜いているんだ。だから、その感覚を活かして道具と向き合えば、どんな客に売ればいいのかだとか、その反対に売ってはいけないものだとかがわかるようになるんじゃないかと思う」

正面切って褒められているのではない。だが、これまで誰かに評価されることなどなかった、むしろ忌むべきものだった自分のこの目が、価値があると言われているのだ。

胸の奥がじんわり温かくなるようで、文子は思わず胸の前でキュッと両手を重ねた。

清志郎の言葉は、空っぽだった文子の心をじんわり満たしてくれる。

「お役に立てるよう、精一杯努めます」

「別にそんなに気張ることはない。ゆっくり、できることを増やしていったらいいさ」

清志郎が翁面の向こうでゆるく微笑んだような気がして、文子もはにかみで応じる。

その様子を、戸田がニヤニヤしながら見ていた。

「ええねぇ。お二人さん、どんどん夫婦になっていくやんか。文子ちゃんはええ具合に遠慮とかが抜けてきよるし、清志郎はんもえらい柔らかくなって……こうやってほんまもんの夫婦になっていくんやねぇ」

戸田の言葉に文子はカッと頰が熱くなった。表向き夫婦というだけで、実際はただの居候と家主の関係性なのだが、きちんと夫婦に見えるというのは何だか照れるものがある。

しかし、その温かくくすぐったい気持ちも、面を押さえている清志郎を見ると萎んでいった。

「……俺たちは、そんなんじゃない」

纏う空気も声も硬くして、清志郎は言った。

それを聞いて、文子の気持ちも一瞬にして冷える。

「なんや、照れとるんか。清志郎はんはお硬い人やなぁ。こんな可愛らしい嫁さんもろたんなら、もっと浮かれてもええのに」

戸田はヘラヘラ笑いながら、文子に「なぁ？」と同意を求める。しかし、それに笑顔で応じる気分にもなれなくて、曖昧に愛想笑いを浮かべることしかできなかった。

蔵の中には、何とも言えない空気が流れた。それを察知したのかしていないのか、戸田は広げた風呂敷に古道具を再びしまった。

「ほな、今日のところはこのへんで。僕は半月ほど留守にするわ。戻ってきたらまた寄らせてもらうな」

帰り支度を整えた戸田が、飄々(ひょうひょう)とした狐顔に少しだけ心配そうな表情を浮かべる。一応は、場の空気を微妙にしたことの責任は感じているらしい。

「西のほうにちょっと買いつけに行ってくるんや。おもろいもんが見つかったって話が聞こえてきたからね」

「……曰くつきのもの、ですか？」

「そう。僕が好きなもんかどうかは、まだわからんけど。世の中には、僕もよう扱いきらんようなえげつないもんもあるんや。文子ちゃんも、気ぃつけるんやで」

戸田に心配されているのはわかるが、それが何を指すものなのかはわからない。彼の言葉は、彼自身のように掴みにくいところがある。

「見るからに禍々しいもんは、どんな人間でも避けるやろ？　せやけどな、世の中には見た目は危なく見えんのに、ごっつ危険なもんもある。そういうもんが平然と持ち込まれるんがうちらみたいな古道具屋なんや。お寺さんにでも頼んでくれっちゅー話なんやが」

「それは……祟るようなものがあるということですか？」

「せや。障りがある言うたほうが正しいかもしれんが。とにかく、文子ちゃんの目ぇは便利やけど、無防備になりすぎんこと！　ほな、次会うときはお土産でも買うてくるからね」

戸田は胡散臭い顔に優しい笑みを浮かべてから、ひらひら手を振って去っていった。

これまでの印象では、彼は自分の興味や楽しみ優先で、他人を気遣うことはあまりしない人物に思っていた。しかし、そんな彼すら気遣いを見せるほど、今の文子と清志郎の間に漂う空気は居心地が悪いものなのだ。

「……では、食事の支度を始めますね」

「ああ」

居たたまれなくなって、文子も蔵を出た。

無視こそされなかったものの、先ほどの戸田の言葉に対する反応を見れば、清志郎が文子を拒絶したい意思は明白だ。そのことに文子は傷ついていた。

「俺たちはそんなんじゃない」というのは、二人の関係性を示す嘘偽りのないことだ。

それなのに、文子は傷ついている。

居場所ができればと思っていたのに、ここに来てからの月日が長くなるうちに、欲張りになっていたらしい。

(夫婦でもないのに夫婦だと思われるのは、やはり嫌よね)

それから数日、蔵での出来事を噛みしめるようにして文子は過ごした。

表向きは何もない。幸い、清志郎は翁面をしているから表情は見えないし、いつも言葉少なだから、変わったことがあっても気づかれにくいのだろう。そのため、トキやハナが彼と言葉を交わしても、何かを気取(けど)られることはなかった。

文子もどうにかやり過ごせてはいるが、あの日以来、彼とはぎくしゃくしてしまっている気がする。

降り出す前の空模様のような、重たい空気が二人の間にはずっと横たわっていた。

この空気を少しでもどうにかできないかと、彼の好物を作ってみた。前に言っていた店でメザシや漬物を買ってきもした。

それでも、彼が「おいしかった」と台所へ感想を伝えに来ることはなかった。

だから、本当の夫婦のようになってきているという戸田の言葉がよほど嫌だったのだろうと察して、文子はずっと落ち込んでいるのだ。

今日は、数日ぶりに言葉を交わした。朝早くに彼が台所へやってきて、「古道具が大量に持ち込まれる予定だから蔵の一角を片づけてくれ」と言われたのだ。

役目をもらったことが嬉しくて、文子は張り切って片づけと掃除をした。そのあと彼は来客を迎え、まだ蔵にこもっている。

（大丈夫かしら）

台所の勝手口は家の裏に面していて、蔵で音が立てば聞こえてくる。先ほどから、来客が声を荒らげるのが聞こえてくる。

来たときから、どうにも落ち着きのない感じがする人だったのだ。そのせいか、その人が来たときからずっと、文子も気持ちがざわついている。

昼食の用意をしながらも、文子の神経はずっと蔵のほうに集中していた。

だから、来客が慌ただしい様子で帰るのも、清志郎が蔵から出てくるのも察知できた。

「あの、清志郎さん……」

文子は勝手口から出て、清志郎に声をかけた。疲れてどこか憂いを帯びた様子の彼は、文子の声に反応するようにこちらを見たが、すぐにそっぽを向いてしまう。

疲れただろうからお茶でも淹れましょうかと声をかけるつもりだったが、拒絶されたことがわかり、気持ちがまた萎んでしまう。

「お茶でも淹れましょうか？　お疲れのようですから」

「いらん」

「そう、ですか……」

以前のように、ちょっとした会話でもできればと糸口を探そうとしたのだが、すぐには言葉が出てこなかった。

それでも、文子はどうにか思考を巡らせ、清志郎に投げかける言葉を探す。

「あの！　先ほどのお客様は、何を持ち込まれたのですか？　何か揉めてらしたようですけれど……私、〝視た〟ほうがいいでしょうか？」

去っていこうとする背中に、どうにか勇気を出して切り出した。持ち込まれた道具を視るという理由があれば、まだ彼と話ができるかと思って。

しかし、清志郎は振り返ると、全身に険のある雰囲気を滲ませて言った。

「あんたには関係ないものだ。興味を持つな」

そうぴしゃりと言い放つと、彼は今度こそ去っていってしまった。

取り付く島がないとはこのことだ。

なけなしの勇気をかき集めて声をかけたから、それが潰えて文子は呆然と立ち尽くすしかない。胸の奥は軋むように痛むのに、涙は出なかった。

悲しくても、泣かないようにと生きてきた。きっと泣けば楽になることも多かったはずだが、泣いてはいけないと自分に言い聞かせるうちに、涙を流すという機能は喪われてしまったのかもしれない。

よろめくように歩いて、文子は台所へ戻った。この家で、家事が自分の役目だ。せめてその役目は全うせねばと、思考をどうにか料理へと集中させる。

今日の昼は、菜っ葉と豆腐のお味噌汁と、卵が安く買えたから卵焼きを焼いてみるのだ。以前、清志郎は甘い卵焼きが好きだと言っていたから、砂糖を加えたものを作る。

それに漬物を合わせたら清志郎が喜ぶ昼食になるとつい考えてしまって、文子はまた悲しくなった。

喜ぶものを作ったところで、彼はもう感想を伝えに来てくれることはないに違いない。馴れ合うことで文子や周囲が勘違いをしてはいけないからと、きっと線引きをすることに決めたのだろう。

(追い出されないのだから、良いと思わないと……)

欲張りになっていることを自覚し、戒めなければと思う。

これまでの奉公先で、無視くらいなら慣れている。むしろ、無視はまだマシな部類だ。

実家では無視どころか、光代から積極的に嫌がらせをされていた。彼女が文子をいじめるから、使用人たちも文子をなるべくいないものとして扱っていたのである。

その頃と比べたら、今は幸せに暮らせているといえるだろう。欲さえ張らなければ、仕事があり、住むところがある環境を幸せに思える。

文子は自分に何度も言い聞かせながら、日頃より一層家事に取り組むことにした。

「……やっぱりあった」

掃除をしようと道具を取りに行ったところ、いつもの場所にはなかった。一体どこへやってしまったのだろうかと考えて、今朝慌ただしく蔵を掃除したのを思い出した。そして、蔵を覗いたところ、扉付近に立てかけてあったのを見つけた。

用はそれで済んだのだが、来客が持ち込んだものが何なのか気になってしまい、蔵の中に視線を巡らす。

それは、嫌でもすぐに目に入った。蔵の一角に、漆塗りに蒔絵を施した揃いの道具類が積まれていた。

長持ち、鏡台、化粧箱。その他にも、何が入っているのかわからない大小さまざまな箱がある。それらすべてにきらびやかな菊の花や鶴、宝船などの模様が入っていることから、嫁入り道具なのだとわかった。

「だから……」

持ち込まれたものが嫁入り道具なのだとわかったことで、文子は清志郎の言葉の意味を理解した。

「あんたには関係ないものだ。興味を持つな」という言葉は、実に的確だったのだ。確かに嫁入り道具ならば文子には関係ないし、興味を持つべきではないだろう。

掃除道具を取りに来ただけなのに、文子は動けなくなった。

ふと視線を感じた気がしてそちらを見ると、侍が文子を見ていた。咎めるような視線に思えて見つめ返すと、彼は首を横に振る。持ち込まれた嫁入り道具に興味を持つなと言っているみたいだ。

「……わかっています」

小さく返事をして、文子はとぼとぼと蔵を出た。


もやもやして暗くなりがちな気持ちを抱えたまま数日過ごしていると、空模様も怪しい日が増えてきた。

ハナから、本格的な梅雨入りをする前に家の庭にある梅の木から、実を収穫しておくように言われている。雨に濡れると水分を含んで割れやすくなってしまうと言われていたため、せっかくの実が食べられなくなってはいけないと、熟し具合に日々目を光らせていた。

ハナの家の庭には杏(あんず)がなるため、一緒に梅や杏の甘露煮を作ろうと約束している。実の表面に生えていた産毛が薄くなり、つるりとしてきたのは収穫していいと、トキにも教えてもらっていた。彼女には梅干しの作り方を教わる約束になっている。

ここのところ気持ちが沈みがちな毎日だが、彼女たちに教わる初めての梅仕事のことを考えると、少しだけ楽しくなってくる。

午前の掃除を終えた文子は、昼食の支度を前に梅の実の様子を見ようと庭へ出た。おそらく、今日くらいには収穫しておいたほうがいいだろう。

台所で見つけた手頃な籠を手に、実をひとつひとつ検分していく。花ぶりは控えめだったが、こうして花を終えたあとも実をつけて楽しませてくれるのはありがたい。

まだ緑色のものが多いが、ところどころ黄色く色づいたものもある。色づいた実は甘く優しい香りがして、文子はうっとりしながらそれを摘み取った。

(あとで、ハナさんとトキさんのところへ収穫したことを報告しに行こう)

籠がずっしりと重くなっていくのを感じて、気持ちがまた少し上向く。今の生活で救いなのは、近所に彼女たちがいてくれることだ。清志郎に拒絶されても、彼女たちとの関係性があるから、文子はそこまで孤独を感じずにいられている。

「ちょっと！　誰かいないの？」

収穫した梅がどれだけの甘露煮と梅干しになるだろうかと考えて楽しくなっていると、表が急に騒がしくなった。

若い女性が、あきらかに苛立った様子で玄関にいるようだ。

文子が呼びかけに気づかずとも、清志郎がいれば応対するはずだ。しかし、少し待っても彼が来客を迎えている様子はないため、慌てて梅を台所に置きに行ってから、玄関先へ向かった。

「すみません、お待たせしてしまって」

「本っ当に遅いわね！」

玄関に居た女性を見て、文子は一瞬呼吸を忘れた。おそらくもう二度と会うことはないのではと思っていた、異母妹だったからだ。

「……光代さん」

「やだ、何よその格好。みすぼらしいから女中が出てきたのかと思っちゃった」

文子の姿を見て楽しそうに笑う光代は、今日は袴ではなくきらびやかな振袖を着ている。朱赤の生地に薄紅と白の薔薇の花の刺繍が施された、鮮やかな着物がよく似合っている。

文子もトキとハナからのお下がりを着ているからかつてのように襤褸を纏っているわ

けではない。しかし、ひと目で高価とわかる着物と並ぶと見劣りするのはわかるから、指摘されて頬が熱くなった。

「あんたの夫、碌なやつじゃないわね。わかってたことだけど。女中も雇わずみすぼらしい格好で家事なんかやらせて……もしわたしをそんな目に遭わせるやつがいたら、お母様が黙っていないわよ」

光代は姿勢の良い体をさらに逸らして、楽しげに言い放つ。小柄な文子と比べて上背があるから、そうされると見下されている感じが増して、文子はさらに縮こまる。

「一応、お父様に報告しておきましょうか？　あんたが嫁ぎ先でいじめられてるって」

「別に、いじめられてなど……家事は私がしたくてしていることですから」

「そうしなければ食事を与えてもらえないからでしょう？　あんた、人に飼われている犬猫以下の扱いをされてるって気づきなさいよ」

光代は、どこまでも楽しそうだ。その声には、笑いが含まれている。

言葉だけ聞けば心配しているように聞こえなくもないが、馬鹿にされているのはよくわかる。働かずとも食べるものを得られる飼い犬や飼い猫と違い、文子は家事をしなければ食事を得られないと笑っているのだ。

今の時代は裕福な家でも女中を雇わず妻が家をひとりで切り盛りしていくのも珍しく

ないと言い返そうとしたが、余計に惨めになりそうでやめておいた。

何より、これまで光代とまともに言葉を交わせたことなどないのだ。彼女はいつもどんなときも、自分の正しさと優位性を疑わない。そんな彼女を前にすると、心はざわめくものの何も言い返せなくなって、努めて心を無にしてやり過ごすしかないのだ。

「……今日は、どういったご用向きでしょうか」

用件を切り出されないままこんなふうに笑われていたのではかなわないと、文子は自分から尋ねてみた。

言った直後、指図をしたと言って怒られるかと身構えたが、今日は平気だったらしい。

「そうそう！　あまりにもあんたが惨めだから、用を伝えるのを忘れるところだったわ。わたし、結婚するのよ。それを今日、伝えに来たの」

光代はその愛らしい顔に満面の笑みを浮かべ、頬を紅潮させて言う。

「お相手の方が街で歩いているわたしを見初めて、どうしてもと家まで来て頭を下げられたのよ。まだ学生の身でそういったことは考えられないってお断りしていたのだけれど、何度も何度も来られるから……それで、お母様もついに折れたの」

光代は赤らんだ頬をそっと手で押さえ、恥じらうように言う。

それから、いかに相手の方が自分に惚れ込んでいるかだとか、どのくらい素晴らしい家の出の人なのかだとか、そんなことを高らかに話した。

その様子は本当に楽しそうで、幸せそうで、意地悪な雰囲気すらかすむほどだ。

誰かにこの話を聞いてもらいたかったのだろうと、文子は他人事のように聞いていた。

なぜこの話を自分にしに来たのかという理由にまで、思い至らなかったのだ。

「それで、いざ結婚が決まったとなったらお母様が張り切っちゃって、本当に大変なのよ。なにせわたしは、小柳家の大事な大事な一人娘だものね」

光代は文子の様子をうかがいながら、まるでチクリと針で刺すかのように言う。

その言葉を聞いて、それまで凪いでいた文子の心に細波が起きる。その気持ちの変化を、光代は見逃さなかった。

「豪華な色打掛も白無垢も作ってくれるって張り切っているのだけれど、どんなものがいいかしらね？　あんたにも意見が聞けたらと思ったのに、祝言を挙げていないのならわからないわよねぇ」

高笑いする光代を見て、なるほど、これがしたかったのかと文子は合点がいった。

光代は、文子を踏みつけて見下ろすのが好きだ。結婚が決まって最高の気分の今、さらにいい気分になろうと、文子に会いに来たのだろう。

これまでだって何度も、光代から自慢をされていた。いかに文子が何も持っていないかをあげつらわれ、馬鹿にされて笑われてきた。

そんな剝き出しの悪意に晒（さら）されても、これまでは努めて心を無にすればやりすごすことができたのだ。

だが、今は胸が苦しくて仕方がない。心にできた無数の擦り傷に、塩でも塗りこまれているかのような気分だ。

「あんたがそんな顔するの初めて見た。なるほど……人って本当に何も持たないときは悔しくないいけど、少しでも人並みに近づくとようやく悔しいって気持ちが生まれるのね。それなら、これからどんどん悔しいって気持ちが生まれるんでしょうよ」

文子の顔をじっと覗き込み、光代は愉悦の表情を浮かべる。自分が今、どんな顔をしているのかはわからないが、彼女が喜ぶような惨めな顔をしているのは理解できた。

「あんたって、本当に可哀想ね。これからも何も持たずに、誰にも愛されず大切にされずに生きていくのでしょうね。わたしとは大違い」

クスクス笑いながら、光代は「一応は姉妹なのに」と付け足す。

息が苦しくなって、心臓も嫌になるくらい速く鼓動を打っていて、文子は自分がひどく打ちのめされているのを自覚していた。

「わたし、大嫌いなあんたが可哀想だと、そのぶん幸せになれる気がするの。わたしがどんどん幸せになると、あんたはどんどんどん惨めになるわね。そしたらわたし、またどんどん幸せになるんだわ！　あー楽しい！」

光代の声はどんどん甲高くなっていき、最後にはまるで悲鳴のようになっていた。

その声が耳に突き刺さるような気がして、文子は逃げ出したくなった。

だが、逃げられはしない。逃げ出したら今度は何を言われるかわかったものではないと思うと、じっと心を殺して嵐が過ぎ去るのを待つしかないのだ。

だから、せめて外出している様子の清志郎が帰ってきてくれないかと思ったが、結局そんなことは都合よく起きはしなかった。

「それじゃあ、またね。お父様には、あんたが元気にしていたって伝えておくわ。惨めに暮らしていたなんて本当のことを言って、心配して見にきちゃいけないから」

ひとしきり文子をいじめ抜いて気が済んだのか、光代は軽やかな足取りで出て行った。お茶を出してもてなすこともしなかったが、玄関先で話すだけ話して帰っていくなんて、よほど機嫌が良かったのだろう。

本当に帰ったのか気になって、文子は竹垣の向こうへ歩いていく光代を見送った。車引きを待たせてあり、彼女は意気揚々と人力車に乗って帰っていった。

いつもなら、光代が去ると少しはほっとできる。だが、今日は無理だった。

梅の収穫が途中になっていたから、本当はその作業に戻らなければならない。掃除も食事の支度もある。

それなのに、体が動かないのだ。

息苦しさが去らない。努めて息を吸っても、少しも肺に入っていかない気がした。

（……どうして、あの子は私のことがあんなに嫌いなのかしら）

光代の剝き出しの悪意を浴びせられ、文子はよろめくみたいに思った。立っているが、すぐにでも膝から崩れ落ちてしまいそうだ。

ああして自分のことを嫌っている――憎んでいる人と対峙すると、この世のどこにも居場所なんてないのではないかという思いが増す。

それどころか、今すぐ消えてしまいたい気持ちになる。

光代の言葉に傷ついたのは、それが多分に真実を含んでいるとわかっているからだ。愛され、大事にされる異母妹とは違う。彼女が言うように、文子はこれからも〝誰にも愛されず大切にされずに生きていく〟のだろう。

蔦野家にやってきてうまくやれると思っていたが、それも無理だと思い知らされた。

清志郎は文子と夫婦として扱われるのは嫌だと、きっぱり態度で示した。

トキやハナは優しくしてくれるが、それは彼女たちが善良で親切だからで、別に文子のことを好いているわけではない。文子以外にも、彼女たちは優しくしてくれるだろう。

父も、文子の嫁ぎ先を光代に明かしてしまうあたり、文子がどれだけ彼女に虐げられていたのか理解していないようだ。父にとって光代も我が子だ。もしかしたら可愛くおねだりされて、あっさり文子の居場所を教えてしまったのかもしれない。父は一度も、会いに来てくれないのに。

打ちのめされ、何をしたらいいかわからなくなって、気がつくと文子はふらりと蔵に引き寄せられていた。

(光代さんは、白無垢も色打掛も仕立ててもらうって言っていた……)

関係がないものだ、興味を持つなと言われたからだろうか。文子は今すぐ蔵に持ち込まれた嫁入り道具を見たい気がしていた。

見るだけだ。一生縁のないものだとわかっているから、美しいものを目に入れて心を慰めるだけだ。

そのくらいは許されるだろうと、文子は蔵の中に入る。

そういえば、留守にしているのに鍵をかけていないのかと少し不思議に思ったが、深く考える余裕はなかった。

文子が蔵へ入ると、隅に佇んでいる侍が気づいて、視線を送ってきた。彼は文子に首を振る。

何に首を振ったのかわからないが、文子の行動を咎めているらしい。ついに、人ならざるものにまで否定されるようになってしまった。

どこにも、自分を受け入れてくれる人はいないのだ。その気持ちが、より一層強くなる。

これまでずっと心の中に巣食っていた気持ちが、先ほどの光代の言葉でくっきりと輪郭を浮かび上がらせてしまった。実際は、清志郎に線引きされた態度を取られたときから打ちのめされていたのだ。

傷ついた心から目をそらし、どうにか日々をやり過ごしていたのに、光代の言葉で現実を突きつけられた。

「……誰？」

どこからか、すすり泣きのような声が聞こえてきた。その声に胸が締めつけられ、文子はあたりを見回す。

当然蔵の中に人の姿はなく、では何か道具が泣いているのかと耳を澄ませると、その声は文子が目当てにしていた嫁入り道具の長持ちからしていた。

「可哀想……」

長持ちの中にはおそらく、絢爛豪華な衣裳が入っているはずだ。そんな美しい着物がなぜ泣くのだろうと思うと、自然と憐れみの言葉が出た。

この嫁入り道具も、使われず蔵にしまわれているのがつらいのだろうか。今は文子の部屋で使われるようになったあの鏡台のように、使ってほしいと訴えかけているのだろうか。

気持ちを汲み取ってもらえないのはつらい。その気持ちがわかるから、文子は長持ちの蓋を開けた。

焦ったように侍が首を振っていたが、もうそんなものは目に入っていなかった。

「きれい……」

蓋を開け、金糸銀糸の見事な刺繍を目にした瞬間、ぬるりと女の手が出てきた。

「えっ」

真っ白な手は文子の腕を掴むと、体ごと長持ちの中へと勢いよく引き入れた。

落ちていく――みっしりと衣裳が詰まった長持ちの中のはずなのに、真っ暗で何も見えない空間に自分の体が放り出される感覚を最後に、文子の意識は途切れた。

文子の体を飲み込むと、長持ちの蓋はまたもとのように閉まった。

もう、蔵の中にすすり泣く声は聞こえなくなっていた。

二

やってしまったな、という思いが、ここ数日清志郎の心を支配していた。

いけないと思いつつ、冬の終わりから始まった新しい生活が思いのほか楽しくて、油断してしまっていたのだ。

己が幸せになれるわけがないということを、すっかり忘れていた。

とはいえ、それはあくまで清志郎自身の問題で、文子に八つ当たりのようなことをしてしまったのはよくないと思っている。

だから、詫びをしなければとトキとハナの助言に従って街まで繰り出したのだが、結局これでは何の解決にもならないだろうこともわかっていた。

（……落ち着かんな）

繁華な場所へと出てきたからか、人の多さに辟易（へきえき）してきた。勝手知ったる近所を歩くのと違い、人の目が気になる。

見るなと思いながらも、翁面を被った男が歩いていれば見てしまうのが当然だというのも理解できる。

それに、ジロジロ見られることよりも清志郎を落ち着かなくさせているのは、別のものだった。

清志郎を居心地悪くさせるのは、夫婦連れ立って歩く者の姿や、子連れの家族の姿だ。夫婦も家族もこれまで幾度となく目にしてきたはずなのに、今はひどく心をかき乱される。

これまでは自分はそういった存在と無縁だと思っていたから、何か感じることなどなかった。

それなのに今は、すれ違うたびに、視界に入るたびに、塞がった傷が開くみたいに疼くのだ。

それは、わずかでも自分がそういったものを持てるかもしれないと勘違いしてしまったからだろう。

自分には所帯を持つことなどできないと、とうの昔にあきらめていたはずなのに。守ってやろうと手の中に囲いこんだ手負いの小鳥が可愛くて、人並みの幸せが己にも摑めるのではと勘違いしてしまったのだ。

子供の頃、母に拒まれた日から、将来誰かと一緒になるのは無理なのだろうと悟っていた。

「お前の顔を見ると、あの人のことを思い出すのよ」と母が苦しげに呻くように言うのを聞いて、清志郎は自分の顔が嫌になってしまったのだ。

あの人というのは、父のことだ。

父が亡くなってから、母はおかしくなった。もういない父を憎み、毎日恨み言を吐き連ね、ついには清志郎の顔まで見たくないと言い出した。

そんな姿を見て、母が変わってしまったのだと悲しかったが、今ならわかる。あれは変わったのではなく、ずっと抑え込んでいたものが、父の死をきっかけに溢れ出したのだ。

単純な話、清志郎がまだ何も気づかずに生きていた頃から、母はずっと父を憎んでいたのだろう。

清志郎にとっては悪い父ではなかったが、母にとってはそうではなかったらしい。

清志郎は、さして裕福ではない職人の家に生まれた。父は大工だったが、あまり真面目に仕事をせず、賭け事をしては負けて帰ってくるような、そんな男である。おまけに酒好きで、酔うといろんな意味で気が大きくなる性質だった。

機嫌が良いとき、父はよく清志郎と遊んでくれた。おもちゃやお菓子を買ってくれたこともある。彼の中で清志郎はいつまでも小さな子供らしく、「坊、いつの間にそんなにでっかくなったんだ？　ついこないだまでこんなだったろ？」と人差し指と親指で豆粒くらいの大きさを作って笑うのだ。それをずっと、清志郎が物心ついたときからやっている。

「坊は大きくなったらしっかり働いて、父ちゃんと母ちゃんの助けになってくれよ」というのが父の口癖で、その言葉に清志郎も素直に頷いていた。

父に倣って大工になるのもいいし、母のように小料理屋で働けるように料理を身につけるのもいいかもしれない。とにかく、自分がしっかり稼いで、いつか両親を楽させてやりたいと考えていたのだ。

真面目に働かない夫に日々小言を浴びせながら、母はいつも疲れていたから。早く大人になって楽させてやらなければと、幼い頃から思っていた。

そのとき清志郎は自分のことを、だめな父親と働き者の母親のもとに生まれた、ごく普通の家の子だと信じていたのだ。

だが七つになる頃、父が死んで、そうではなかったと思い知らされた。

母は元気がなくなり、少しずつ壊れていった。塞ぎ込む日が増え、そのせいで寝込むこともあった。

夫を失った悲しみがそうさせるのかと思っていたが、どうやらそうではなかったようだ。母は毎日、父への恨み言を、呪詛を吐いていた。働き者で優しかった母の姿はない。それでも、早く元気になってくれと祈りながら、清志郎は母を支えた。

しかし、母にはそれが苦痛だったのだ。

「あんた、日に日にお父さんに似てくるね」

春先なのに空気がキンと冷えた、そんな朝のことだった。

布団の上に起き上がった母が、呟くように言った。母に食べさせるための食事の用意をしていた清志郎は、その言葉に心がざわついた。褒め言葉やただの感想ではないことは、母のただならぬ気配でわかったからだ。

「愛想がいいだけの碌でなしで、あの人と夫婦になってからずっと不幸せだった……さんざん迷惑かけて、勝手に死んで、おまけにそっくりなあんたって存在を残して……どれだけあたしを不幸にすれば気が済むってんだ！」

痩せ衰えた小さな体で、母は空気を震わせるほどの大きな声を出した。そうなると手がつけられなくなり、体にも障るだろうと清志郎は焦った。

恨みの念を吐き出すたび、母の体は小さくなっていくのだ。それが恐ろしくて、どうにかなだめなければと思った。

「母さん、俺もう十になるから、奉公へ行けるよ。どこか大店（おおだな）で丁稚（でっち）をさせてもらって、給金は全部母さんに送る。早い人だと七年も真面目に勤めたら、手代（てだい）になれるというよ。大店の手代になれれば、もっと楽をさせてやれる」

清志郎は努めて明るく言ってから、母の背を撫でようとした。しかし、母はそれを激しく拒否した。

「あんたの顔なんか、見たくないって言ってんだ！」

耳元でバチンと鋭い音がして、頬が焼けたように熱くなった。母に頬を張られたとわかったのは、それから数秒経ってからだ。

「これから成長するごとにあの人に似てくるあんたを見てたら、一生あたしは不幸なんだって思い知らされる……！」

耳の奥がガンガンしていた。頬は信じられないほど熱いのに、その他の部分はまるで血の気が引いていくみたいに冷たくなるのを感じていた。

だが、清志郎を打ちのめしたのは、母に張られた頬の痛みではない。

母の目の奥に、真っ赤に燃える炎のような憎しみを見たからだ。

「……母さん、ごめんなさい」

何に謝っているのかわからなかったが、清志郎は謝罪の言葉を口にした。母に許されたかったのだ。

しかし、許されないことはわかっている。清志郎が父の血を引いている限り、母は許してくれないだろう。

日増しに父に似てくる清志郎は、これから日毎母に憎まれていく。そのことが、激しく清志郎を打ちのめした。

憎しみに燃える母の目から逃れるように、奥の部屋へと逃げ込んだ。そこでたまたま目にした翁の面を摑んで、それで自分の顔を隠した。

その面は、母方の遠縁の男が持ち込んだものだった。古道具屋を営む蔦野秀雄という男が、父の葬式にやってきたときに置いていったのだ。

秀雄なる男は、その面を自分の顔につけておかしな裏声で、「おじいちゃんが見守っておるからの。ほおっほぉっほぉ」と言っていた。そのあまりにも馬鹿げて場違いな振る舞いに、葬式の手伝いに来ていた大人たちは驚愕していたが、悲しくてたまらなかった清志郎の心をほんの少し慰めてくれた。

その日以来、翁面は清志郎と母の生活を見守っていた。

（顔さえ見せなければ、母さんを苦しめずに済むだろうか）

追い詰められた清志郎は、翁面にすがった。この面があれば、母に憎まれず疎まれずに済むだろうかと。

今となってみれば子供の浅知恵だが、それはしばらくの間はうまくいったのだ。母は塞ぎ込んではいるが、清志郎の顔を見て半狂乱になることはなくなった。歪ながらも生活できていたのだ。

しかし、それも今考えればおかしな話である。母の狂気に呑み込まれるように、清志郎も狂っていたのだろう。

「……あんた、何てものをつけてんの」

生活をうっすら覆う狂気の膜にわずかな隙間が生じたとき、母は清志郎の翁面を見て言った。

息子の顔をずっと見ていないことに気づいたらしく、母は焦ったようだった。

そのとき、ようやく清志郎もまずいと理解した。外そうにも、翁面は外れなくなってしまっていたのである。

母は半狂乱になりながら、翁面を外そうとした。その騒ぎに近所の人までやってきて、清志郎の顔から面を引き剝がそうとした。

しかし、どれだけの人が必死になっても面は外れず、叫んで、泣いて、疲れ果てた母は、最後には清志郎を蔦之庵まで運び込むことしかできなかった。

「あんたのせいで息子は呪われた！　どうしてくれんのさ！」

出迎えた秀雄の胸ぐらを摑んで、母は叫んでいた。痩せ衰えたその体のどこにそんな力が残っていたのかと思うほどの、強い力だった。

思えば、あのとき母は清志郎をどうこうしたかったわけではないのだ。最初は救いたかったのかもしれない。だが、どうあっても翁面が剝がれないとわかったとき、寺に駆け込むでも何でもできたはずなのに、母が向かったのは秀雄のところだった。

母はさんざん秀雄を罵り、我が身の不幸を訴え、そして泣いた。再び狂気の世界に逃げ込んでしまった母には、誰の言葉も届かなかった。

「ああ、確かに清志郎は呪われてしまったんだね。解けないよ、その呪いは。だって自分で自分を呪ったんだから」

秀雄は呟くみたいにそう言って、それから清志郎を引き取ることを母に告げた。それを聞いた母は、まるで重たい荷物を下ろしたかのようにほっとして、深々と頭を下げて帰っていった。

結局母は、怒り狂って暴れて、自分が被害者であると訴えたかっただけなのだ。そしてその訴えが認められたから、安心して去っていったのである。

そこに親として、息子を憂う気持ちはなかった。それがわかったから、清志郎ももう母のことはあきらめねばならないのだと理解した。

「夫への愛情だけでどうにか保っていた気持ちが崩れ去って、立っていられなくなったんだろうね」

自分は捨てられたのだと悲しくなって、翁面の内側で泣く清志郎の頭を、秀雄は不器用な手つきで撫でながら言った。もう自分は頭を撫でられる歳ではないと思ったが、そういえば最後に撫でられたのはいつだろうと考えて、また胸が苦しくなった。

物心ついたときから、母に撫でられた記憶はない。頭を撫でてくれるのは、父だけだった。

母は父を憎み、父に似てくる清志郎をも憎んでいたが、清志郎は今でも父のことをそんなに嫌いではないと思うのだ。

「俺の父さんは、悪いやつだったの……？」

誰かに何かを答えてほしくて、涙が収まったあと、清志郎は尋ねた。本当は、そんなことを聞きたかったわけではないのだと思うが、それしか出なかった。

「人は一面だけでは評価できないから何とも言えないが、まあ碌でなしだったのは確かなんじゃないかかな」

迷った末に、秀雄はそう言った。さっきまで泣いていた子供になんてことを言うのだと今となっては思うが、秀雄はそういう性分の人なのだ。

「働かず酒と賭け事が好きで、女遊びなんかもしていたわけでしょ？　聞けば、女房に手も上げていたなんて話も聞く。清志郎は、自分のことを殴らなかったから良いおっとさんだと思ってたのかもしれないが、それはいずれお前さんが大きくなって力で敵わなくなったときのことを見越して、媚びていたんだよ」

父が母を殴っていたのは知らなかった。だが、そんなわけないという言葉も、秀雄に先んじて封じられてしまった。

「働かず金遣いは荒くて女房も大事にしないときたら、たまったもんじゃなかったと思うよ。それでも、夫婦なんだからと我慢していた。顔を見れば許せることもあったんじゃないかな。だが、当の本人も死んでしまったとなると、あの人の中には恨みしか残らなかったんだろ。それで、狂った」

あの人というのは、母のことだろう。だが、そんなふうにして語られると、まるで知らない人の話みたいに聞こえた。

というよりも、清志郎は何も知らずに生きてきてしまったのかもしれない。

「まあ、こんなふうに話したが、これだって私の見聞きした話だ。真実ではないのかもしれん。そして真実だったとしても、お前さんには関係のない話だろう」

可哀想になと言って、秀雄はまた清志郎の頭を撫でた。悲しみもやるせなさもまだ胸にあったが、秀雄ののんびりとした妙に柔らかい声を聞いているうちに、どうにか受け止められるような気がしてきていた。

「子育てなんざ私にできる気はしないし、実際できないだろうが、まあ仲良くやっていこうじゃないか」

そう言って、なし崩し的に秀雄との生活は始まったのだ。

生活力が皆無の秀雄と暮らすために、否が応でも清志郎がしっかりするしかなかった。通いの女中はいたが、それでもまかないきれない部分はある。

蔦之庵は不思議と儲かる店だったから金に困ることはなかったものの、秀雄の奇人変人ぶりには苦労させられた。

しかし、それでも母と暮らしていたときよりも幸せではあった。

近所の親切なご婦人たちの手を借りて、どうにか清志郎は大きくなった。トキもハナも翁面をつけた妙ちきりんな子供の世話を厭(いと)うことはなかったし、無理に面を外そうとすることもなかった。

だから、そのうちに外れるだろうと思っていたのだが、一人のときは外れるその面は、誰かを前にすると皮膚が引きちぎれるのではないかというほど引っ張っても外れなかった。自分一人のときに外して、そのまま人前に出ようとすると、面が吸い寄せられるようにして顔に張り付くのだ。面を外しているときに部屋に秀雄が入ってきたときは、黒い靄がかかっていて顔が見えないと言っていた。つまりは、面が外せたとしても顔を他人に見せることができなくなっているということらしい。

「結局、清志郎が自分を許せていないうちは、外れないんだろうな。自分で自分を呪うってことは、そういうことだ」

あるとき、面を剝がそうと無駄なあがきをする清志郎に、秀雄は言った。

引き取ったその日も言っていたが、秀雄は清志郎が翁面に呪われているわけではないのだと言う。呪われた品を親戚の子にあげるわけがないだろと言われれば、確かにそうだ。

「まあ、折り合いをつけながら気長に構えているしかないんじゃないかな。いずれ何かのきっかけで取れるかもしれないよ」

清志郎の身に起きた不幸をちっとも憐れんでいない秀雄に言われ、そのときは清志郎はそうかもしれないと受け止めた。

だが、それも一時のことだ。

そのうちに、清志郎は己というものを省みるようになった。

ひとりになったときにそっと面を外して水鏡に顔を映せば、そこには父に似た自分がいる。いずれ、自分も父に似た碌でなしになるのだろうか。

もしくは、母のように誰かを呪って呪詛を撒き散らして生きるような人になるのだろうか。自分で自分を呪えてしまえたのだ。おそらく、人を呪う才覚もあるのだろうと思って、憂鬱な気分になる。

どちらに似たとて、自分はいいところなしだと気づかされる。そして、こんなやつは一生所帯など持つべきではないのだろうと思った。

父のように、一度は惚れて幸せにしたいと思って添ったはずの相手を不幸にする男にはなりたくなかった。妻になった女に、母が父や自分に向けていた憎悪を向けられたらと思うと、絶対に婚姻はしてはいけないと思った。

それなのに、何の因果か文子と結婚することになってしまった。

「おじさん、お顔どうしちゃったの？」

洋菓子屋の行列に並んでいると、不意に子供が声をかけてきた。面の向こうを見透かすようなまっすぐな視線に、清志郎は物思いから引き戻された。

トキとハナに勧められ、文子への詫びは流行りのマドレーヌなる菓子を買うことにしたのだが、人気の店らしく、当たり前のように列に並ぶことになった。

列に並んでいると、夫婦や家族連れが目についたが、ついに子供に声をかけられてしまった。

子供の行動に気づいた母親が慌てたように「こらっ」と言ったが、子供に焦る様子はない。まっすぐ見つめられ、むしろ清志郎のほうが焦ったほどだ。

「これは……顔にひどい傷があって、人に見られるのが嫌で隠しているんだ」

「そっか。早く良くなるといいね」

清志郎が悩み抜いた上に返答すると、子供は疑うこともなくそれを受け止めた。すぐに労り（いたわ）の言葉が出てくるあたり、良い子なのだろう。

変な男に我が子が声をかけてしまい、気が気ではない様子の両親に会釈をして、清志郎はまた自分の世界に戻った。子供も飽きたのか、もう翁面の変な男に絡むのは止めにしたようだ。

自分も、所帯を持てばあのくらいの子供がいてもおかしくないのだなと思ってしまい、清志郎は嫌になってしまった。このところ、気が緩んでいる。

誰も不幸にしたくないから結婚しないなどと思っていたが、結局それはおためごかしの言い訳だ。

文子が拒まないのをいいことに、一瞬でも人並みの幸せを摑めるのではないかと思ってしまったのだ。

怪我をした小鳥が安心して寛いでいる姿を見て、自分に懐いたと思う勘違いに似ている。

文子は他に行く宛もない可哀想な子だから、清志郎のもとでおとなしく暮らしているだけだというのに。

彼女とて、まともな親元に生まれていれば、あの器量に見合うだけの幸せがあったはずだ。

文子の父である茂に頭を下げられたとき、こいつも碌でもないと清志郎は思ったが、秀雄の知り合いなこともあり、無下にはできなかった。

茂は十五年以上も前に秀雄が思いつきで言った、文子を清志郎の嫁にすればいいという言葉を覚えていて、娘の身にのっぴきならない事情が発生したから、助けを求めて蔦之庵にやってきたのだ。

病気の妻を支えるために借金をして、妻の死後は遺された娘を守るために金持ちの家に婿養子に入った人だ。継子としてどんな目に遭うのかもわかっていたはずなのに、娘を売るよりマシだと、そんな選択をした。

弱いな、というのが、茂に対する清志郎の感想だ。善良ではあるのだろう。だが、弱すぎて誰かを守ることができない。しかし、娘のために頭を下げられる親としての姿に、清志郎の中の傷ついたままの子供の心が刺激され、つい承諾してしまった。

記憶にあった、蔦之庵に連れてこられた文子はまだ三つか四つで、人形のように整って可愛らしい顔をしていたが、苦労しそうだなという印象が強かった。苦労しそうだと言ったのは、秀雄だったたか。

「ああいう子は苦労するよ。過ぎたるは身を滅ぼすからさ。裕福ではない家の出であの容姿、おまけに人ならざるものが視える目……生き抜く力をつけるか、誰かが庇護してやらなきゃ」と養い親が言ったのまでは覚えていたが、まさか自分が彼女を庇護することになるとは思っていなかった。

茂に頭を下げられた次の日、小さな荷物ひとつでやってきた文子を見たとき、頭に浮かんだのはまさに〝庇護〟という言葉だった。

捨て置かれ、邪険にされ、それでもどうにか世界の端で生きてきたという、そんな弱々しい雰囲気のある娘だ。その姿に、清志郎は手負いの小鳥を頭に思い浮かべた。

自分は居場所を提供するだけで、特に関わることなく生きていこうと最初は思っていたのだが、少しずつ蔦野家での生活に慣れていく様子を見るにつけ、気がつくと愛着が湧いてきてしまっていたらしい。

何より文子は、人も人ならざるものも区別なく見る。悪いものがいるかもしれないという意識がない。人にも人ならざるものにも酷い目に遭わされてきたはずなのに、恨むこともなかったようだ。

だから、清志郎のこともまっすぐ見つめてきていた。先ほど声をかけてきた子供のように。

恐れることも阻害することもなく見つめてくるその眼差しに、清志郎は救われてしまっていた。

傷つけられて生きてきただろうに、それでもなお他の存在への優しさを忘れないところに、いつしか愛しさを感じるようになっていた。

だから、彼女が自分の〝視える〟目を疎まずに済むように、彼女に蔦之庵での役割を見つけてやりたいと思ったのだ。道具の抱える事情がわかれば、真に価値を見出す人のもとへ送り出すこともできる。そういう目の使い方をしていけば、いつしか文子が救われるのではないかと思っていたのだ。

手負いの小鳥のようだった彼女が、少しずつ落ち着ける場所を見つけているように感じて、清志郎は嬉しかった。

息一つするのも難しそうな、そんな不器用な姿が気になって、甘いものを初めて食べたというはにかんだ顔が愛らしくて、彼女の世界がもっともっと生きやすいようになればいいと願うようになっていた。

それを戸田に「ほんまもんの夫婦になっていくんやね」と笑いながら言われたとき、肝が冷えた。

あの男は質（たち）が悪いやつだが、別に意地が悪いわけではないはずだ。しかしながら曲者であるのは間違いなく、そんな彼に夫婦らしくなってきたと言われたとき、まるで油断を指摘された気分だった。

所帯を持つと、その相手を不幸にしてしまうかもしれない。自分の妻となる女も、母のようにこちらを憎むようになるかもしれない。

文子を傷つけるのも、彼女から疎まれ憎まれるのも、清志郎には耐えがたかった。だから拒んだ。

しかし、傷つけたかったわけではないから、ここ数日の彼女の憔悴（しょうすい）ぶりを見て申し訳なくなっていたのだ。

昔のことを思い出しながら嫌になるほどの長い時間行列に並んだ甲斐あって、間もなたくはない。

文子のためでなければ、行列に並んでまで菓子を買うなどという馬鹿げたこと、やりたくはない。

(菓子で歓心を買おうとするなんて……我ながら呆れた男だな)

マドレーヌを買って帰って文子が喜ぶのを想像して、清志郎の頬は緩んだ。あの娘は、わかりやすく食いしん坊だ。戸田と初めて会ったときに警戒しつつもキャラメルを受け取っていたときは、大丈夫かと心配になった。

彼女がそんなふうに菓子につられる子だとわかっているから、清志郎はこうして並んでまで菓子を買おうとしているのだ。そこに己の厭らしさを感じてしまう。

(だが、機嫌取りすらしなくなったら、人間として終わりだろう)

いい加減並ぶことに倦んで後ろ向きな考えになってきていたが、自分の番が来てきれいな包みに入った菓子を買えたときには、すっかり機嫌が良くなっていた。

人波から逃れるようにもと来た道を戻り、清志郎は家路を急いだ。

朝食後に支度をして家を出たというのに、時刻は昼をとっくに過ぎていた。

きっと今頃、昼食の用意を済ませた文子が自分が帰ってくるのを待っているだろう。

不慣れな場所に出向いて疲れたからか、清志郎の腹の虫が激しく主張する。

路面電車の中が混んでいたから誰にも気づかれなかったが、静かだったら恥をかいたことだろう。

決まった時間に腹が空くのは、文子がおいしい食事を作ってくれるからだ。

三食メザシと漬物だけでも問題ないのに、彼女はマメに料理を作ってくれる。何より、清志郎の好物を出そうとしてくれる。

これが胃袋を摑まれるというやつなのか、もう文子なしでの生活はできない気がしている。

勘違いをしてはいけないが、程よい距離を保ちながら同居生活を続けていきたい。

そのためには、今回のことをきちんと謝罪すべきだろう。

文子に落ち度があったのではない、すべて自分の勝手な事情だと頭を下げて、彼女が不必要に自分を責めることがないようにしたい。

そう思って、はやる気持ちで坂道を登って家へと帰り着いたのだが、家の中に彼女の気配はなかった。

三

「……帰ったぞ」

しんと静まり返った様子に嫌な感じがして、清志郎は玄関先でそう声をかけてみた。

これまで、そんな声かけはしたことがないのに。というより、出かけることすら告げずに出てきているのだ。だから、帰ったことをわざわざ声に出して知らせるのは何だか変なことだとわかっているが、せずにはいられなかった。

あまりにも家の中が静かだ。まるで、誰もいないように感じる。

どこか近所へ出かけているのだろうかと思ったが、外行きの履き物はなくなっていないようだ。

それでは庭かと思い、勝手口から庭に出るために台所を覗いたところで、違和感が一気に膨らんだ。

昼食の用意ができていなかったのだ。

作りかけですらなく、朝食の片づけをした直後のままという雰囲気だ。ぞんざいに置かれた籠が目に入り中を覗くと、梅の実が入っていた。ということは、朝食の片づけのあと、文子は梅の実を収穫していたということだろう。

問題は、そのあとどこへ行ったのかということだ。

「……まだ途中ではないか」

勝手口から庭へ出ると、梅の木にまだ実がついたままだった。青いものならまだしも、黄色く色づいたものまで残されているのを見る限り、文子が収穫を中断したと推測するのが正しいのだろう。

清志郎の背中に、じっとりと嫌な汗が流れていた。

昼食も作らず彼女がどこかへ出かけているというのなら、別にそれでもいい。毎日の営みが嫌になってしまうことくらいあるだろう。

しかし、嫌な予感がするのは、彼女がそんなふうに何かを投げ出す質ではないと、これまでの様子を見てわかっているからだ。

体調を崩して部屋で休んでいるのだろうかとも考えたが、当然違った。見に行く前からわかっていたことだが、玄関から上がって台所へ行くときに、部屋に気配がないのは感じていた。

そうなると、可能性は絞られてくる。

ここにはいてくれるなよと思いつつ慌てて蔵へ向かうと、鍵をかけたはずの扉がわずかに開いていた。

「……嘘だろう」

防犯の意味だけでなく、今は本当に蔵に文子を近づけたくなかったから、鍵をかけて出かけたのだ。泥棒に入るやつのことなどどうでもいいが、彼女に危険が及ぶことは避けたかったから、興味を持たないよう強めに言っていたのはそのためだ。

ほとんど押しつけるように置いて行かれた嫁入り道具が、わかりやすいくらい曰くつきのもので、若い娘には毒にしかならんだろうと遠ざけていたのだ。

絢爛豪華なその嫁入り道具は、祝言の数日前に花嫁一家が惨殺されて盗まれたものだという。

もともと盗品だったものが、巡り巡って様々な人の手に渡り、行く先々で災いをもたらすからと、蔦之庵に持ち込まれた。

本来であれば、頼りたいのは戸田の店だったのだろうが、彼が西へ旅に出ていて不在だからと、蔦之庵に持ち込んだらしい。

迷惑極まりないが、押し切られてしまった。金はいらないと言って置いていったが、こちらとしてはむしろ金を取りたいくらいだった。

優しい文子のことだから、事情を知れば道具に同情するだろう。その優しさにつけ込んで魅入られてはいけないからと、何も伝えずにおいたのだ。

「いるのか？」

蔵の扉に入り、中を見回す。尋ねる声に、返事はない。

もとより、帰宅したときから、嫌な予感はしていたのだ。その嫌な感じが予感ではなく、現実のものとして清志郎に押し寄せる。

「文子！　文子、どこにいるんだ？」

名前を口にしてみて、そういえば自分が一度も彼女の名を呼んだことがなかったことに気づく。

初めて呼ばれて、きっと彼女は驚くだろう。しかし、驚くはずの彼女の姿は、蔵の中にはなかった。

それでは、蔵の鍵が開いていたことと文子が見当たらないのは関係がないことなのだろうかと、清志郎は楽観的に考えようとした。

しかし、全身で感じる違和感がそれを許さない。

清志郎も、視えずとも、禍々しさや良くない気配というものであれば多少は感じるのだ。

肌がピリピリする感覚を覚えて、強く気配を感じるほうへ視線をやった。そこにあるのはやはりあの嫁入り道具で、よく目を凝らせば長持ちの蓋が開けられたかのように少しずれていた。

「これは文子の……」

長持ちのすぐそばに、文子の草履が落ちているのを見つけた。履き古しているもので、台所で使っているはずのものだ。それが、片方だけ落ちている。

文子が蔵の鍵を勝手に開けるはずも開けられるはずもないと思っていたが、彼女がここに来たことは間違いがないようだ。

しかし、今姿が見えないのはどういうことだろう。

清志郎は恐々としながら、長持ちの蓋を開けた。そこに文子が変わり果てた姿でいたらどうしようかと、最悪の予想をしながら。

しかし、そこには豪華な刺繍の着物が入っているだけで、手を入れて探っても彼女はどこにもいない。

そのことが、より一層清志郎を追い詰めた。

履き物が片方残されているのだから、文子の意思でいなくなったわけではない。つまり、何者かに連れ去られた恐れがあるのだ。

近所に聞いて回るか？　警察に連絡するか？　現実的な考えが頭に浮かぶが、どれも適当ではないとすぐに打ち消す。

人攫いが出たとして、わざわざ蔵を開ける意味がわからない。そして、蔵を開けたのに何も盗み出した形跡がないのもおかしな話だ。

清志郎は自分が、どうにか生きた人間がしたことだと考えようとしてしまっているのに気づいた。

しかし、そうではないと本当は察しているのだ。

「何だ……？」

じっとりと嫌な汗をかいて動けなくなっていると、蔵の中で何か音がした。自分以外に生きた人間がいるのかと身構えるが、すぐにそうではないとわかる。

蔵の中に視線を巡らせると、刀掛けにあったはずのあの刀が、床に落ちていた。

「そこにいるのか？　何かを知っているのか？」

清志郎は、いつも文子が視線を向けているあたりを見つめて言った。目を凝らそうとも、やはり何も見えない。だが、刀は意思を持ったようにカタカタ動いていた。

「これを、俺に持てということか……？　文子を助けに行けと言うのだな？」

清志郎が刀を拾うと、震えは収まった。どうやら意思は汲めたらしいが、そこから先がわからない。

「助けに行くと言っても、どうやって？　どこに連れて行かれたのかもわからんのだぞ」

誰に言うでもなく、清志郎は呟く。だが、弱音を吐いているのは諦めているからではない。

「長持ちの蓋が開いていたということは、長持ちの中に引きずり込まれたのか？　くそ、俺のことはお呼びではないから、どこぞへ繋がるということもないのか」

再び長持ちの中を漁りながら、清志郎は必死に頭を回転させる。文子がどこへ連れ去られたのかはわからないが、きっと迎えに行ってやらねば帰って来られないに違いない。

苛立ち紛れに蔵の中を歩き回っている清志郎の視界に、ふと掛け軸が入った。秀雄が大層気に入っていた、思い浮かべた場所が描かれるという掛け軸。

以前、秀雄がいなくなったあと、戸田が冗談のように言っていたのだ。「秀雄はん、この絵ぇを通ってどっか楽しいとこへ行かはったんと違う？」と。

そのときは何を馬鹿なことを言うのかと思って聞き流していたが、もしかしたらそれは彼なりの謎かけだったのかもしれない。

藁にも縋る思いで、清志郎は掛け軸と向き合った。頼む、どうか文子がいる場所を示してくれ、と。

「あ……！」

すると、信じられないことに絵の中の景色が変わった。そこには、見たこともない繋華な街並みが描かれていた。

しかし、絵が変わったからといってどうすればいいと言うのだ。とまどいながら、清志郎は絵に触れる。

「は？　……くそっ」

ぬるりと手の先が絵の中に呑み込まれたかと思うと、体が吸い込まれる感覚がした。


「……った」

吸い込まれたと思った直後、まるで世界が裏返るかのような感覚がして、次の瞬間には宙に放り出されていた。

どうにか着地というより受け身をとって、清志郎はあたりを見回した。

そこは、知らない街並みだった。だが、先ほど掛け軸の中で見た景色だ。

道を挟んで左右にずらりと、店が建ち並ぶ。

瀬戸物屋に細工屋に薬屋、呉服屋に小間物屋に蕎麦屋と、様々な店が軒を連ねる商家の街らしい。

清志郎が見慣れた現代の景色よりも、やや古い時代の頃の街並みに感じられる。だが
それよりも気になるのは、このように繁華な場所なのに、人が誰も歩いていないこと

だった。

まるで、空間ごと切り取られたかのようだ。

切り取られた空間は、時を止めている。だから、誰もいないのかもしれない。

(本当にここに、文子はいるのか?)

文子のことを考えながら、あの掛け軸を覗いた。そこに浮かんだ景色の中に入り込んだ。だから、理屈で言えばここに文子はいるのだろう。

しかし、己の他に何の気配も、風すら感じない空間で、清志郎は焦っていた。

何もないわけではないのに、寄る辺なさを覚えさせられる空間だ。まるで迷子になったときのようだと、子供の頃を思い出す。

秀雄に連れられて百貨店があるような大きな街に行ったとき、はぐれてしまったことがあったのだ。そのとき、様々な人や物が目に入るのに、知っているものは何ひとつないという状況に、恐ろしくなって泣いてしまった。

あのとき感じた心細さに、今の感覚は似ている。

「ああ、そうだな」

呆然と立ち尽くしていた清志郎を叱咤するかのように、手に持っていた刀が震えた。ちゃんとしろと言われていると感じて、清志郎は背筋を伸ばす。

その直後、道の向こうから人がやってくるのが見えた。行列だ。

先頭にいるのは、純白に紋の入っていない斎服を来た神職だ。その後ろに、二人の巫女が続いている。そしてそのあとに白無垢の花嫁と紋付きを着た花婿、さらにその後ろに礼服を着た人々が連なっている。

花嫁行列である。それがわかった途端、清志郎に緊張が走る。

ゆっくり、少しずつ、優雅な足取りで行列は進んでくる。清志郎は道の端に避けて、自分のそばを行列が過ぎ去る瞬間を待った。

近づいてくるに連れ、背中に嫌な汗がじんわり滲む。なぜなら、近くに来ると行列を構成する者たちが、明らかに生者ではないのが見て取れるようになったからだ。

土気色の顔をした者、髑髏の姿の者、かろうじて人の肌の色を保っている者。様々だが、誰もが総じて生気がない。そんな姿をしているのに、立派な礼装で歩いているという違和感に、全身が怖気立つ。

「……文子！」

嫌な予感がして、清志郎は綿帽子に隠れた花嫁の顔を覗き込んだ。するとやはり、そこにあるのは見慣れた文子の顔だ。虚ろな目をして、意識がないようだった。

「あんた、だめだ！　そんなところにいては……早く戻ってこい！」

焦り、清志郎は手を伸ばして文子の腕を摑もうとした。だが、虚ろな目で彼女が見つめ返して来たかと思うと、その背後に白無垢に綿帽子を被った女の姿が立ち上る。

『だめ。この娘は私。この娘は花嫁だから渡さない』

雑音の混じる耳障りな声で、背後の花嫁が言う。その血色の悪い手は文子の肩をギチギチと音が鳴りそうなほど摑み、決して離そうとはしない。

それでもなお、清志郎が文子の腕を引こうとすると、守るかのように神職や花婿たちが前へと進み出る。かと思えば、猛然と襲いかかってきた。

「……くそっ」

すんでのところで鋭い爪をかわして、清志郎は飛び退いた。だが、距離を取ったところですぐにこちらに向かってくる。

どうしたものかと焦りながら考えたところで、手の中の刀が震えた。

「――抜けってことか！」

ひらめくように理解して、柄を握って振り抜いた。これまで一度たりとも抜けたことがなかったその刀が、鞘の中から姿を現す。

それと同時に、浪人風の侍の姿も目の前に現れた。

「抜くべきときには抜けるっていうのは、どうやら本当だったらしいな……だが、あいにく俺は生まれも育ちも商人だ。刀のふるい方なんざ知らないぞ」

清志郎がやけっぱちになって伝えると、侍が鼻で笑うのがわかった。そして、自分の腰に佩いている刀を抜くと、構えを取る。

「うわっ……なるほどな。あんたが、俺を操ってくれるってわけか。それなら安心だ。早いとこあの亡者の群れを片づけて、文子を取り戻したい」

清志郎がそう伝えるや否や、体は動き出していた。

向かってくる亡者を斬り伏せ、返す刀で斬り捨てる。後ろに回り込んで捕らえられそうになれば、身を翻（ひるがえ）してかわし、それをまた斬る。

これまで、刀を握ったこともなければ喧嘩をしたことすらないというのに、不思議なほど清志郎の体は動いた。己の剣筋がわかる。どのようにして刀をふるえば目の前の敵を斬れるのか、動きを通して伝わってきた。

浪人風に見えるこの侍は、結構な荒事（あらごと）をくぐり抜けて来たのだろう。

刀で斬り捨てるのでは足りない場合は、蹴りを入れ、頭突きをし、とにかく相手を無力化させていく。

「くそっ、痛いだろ！　蹴りや拳はいいが、頭突きはこちらへの衝撃もでかいんだぞ！」

俊敏な亡者に距離を詰められ、蹴りが間に合わなかったがために頭突きを食らわせた。亡者が石頭だったのか、翁面越しでも清志郎の頭は痛んだ。むしろ、面の硬さの分、痛みが増した気さえする。

相手は亡者だからか、斬りつけても蹴り飛ばしても、時間をおけば再び立ち上がって向かってくる。清志郎は負けじと、再び向かってきたものを倒していく。

そんなことを続けていくうちに、亡者の復活までの間隔が空くようになってきた。

どうしたことかと思い花嫁のほうを見ると、綿帽子の下で文子の目に光が戻っていた。

「いやっ！　離して！」

『行かせない！　これはお式よ！』

「うっ……」

身をよじり、逃れようとする文子を、花嫁の亡霊は後ろからしがみつく。そして、息の根を止めるかのように、細い首を締め上げようとしていた。

花嫁は文子に意識を向けているため、亡者たちをうまく操ることができなくなっていたのだろう。

どのみち、持久戦に持ち込まれれば不利なのは清志郎だった。ならば、攻撃が止んでいる今が好機と、花嫁のそばに駆け寄る。

「その人はお前の代わりになれない。だから、どうか返してくれ」

「清志郎さんっ」

清志郎に気づくと、文子は手を伸ばそうとした。だが、花嫁は頭を振って激しく拒む。

『嫌よ！　この子も私も、花嫁になるの！　今日がお嫁入りの日だったんだから！』

軋むような耳障りな声で、花嫁は叫んだ。怒りと悲しみが入り混じり、その感情が胸に届く。古道具は障りがあるものもあると聞いていたが、こんなふうに籠った念が伝わってくるのならば、なるほど障りがあるなと、清志郎はどこか他人事のように思っていた。

「その人は、俺の妻だ。大事な人だ。だから……どうか連れて行かないでくれ」

祝言の数日前に殺されたという、花嫁の無念が伝わってきた。裕福な家で大事に育てられ、良い家に嫁ぐことが決まっていたらしい。それなのに、野盗が家に忍び込み、殺されてしまった。

絶命する瞬間の恐怖と怒りが伝わってくるから、清志郎は懇願した。攻撃するのではなく、訴えるしかないと判断したのだ。

「俺が不甲斐ないばかりに、まだ祝言を挙げられていない。白無垢だって、着せてやれていないんだ。だから、どうか……文子を返してくれ」

花嫁に連れて行かれるということは、命を奪われるということだろう。この恨みの輪に、彼女の魂も加えられてしまうということだろう。

それだけは、どうしても避けたかった。

「清志郎さん……」

文子は驚いたように目を見開き、再びもがいた。

清志郎の言葉に動揺しているのか、花嫁の亡者の顔に、生者だった頃の面差しが一瞬戻る。だが、すぐにまた険しい表情を浮かべて清志郎を睨(にら)みつけた。

『嫌。だめ。大事だなんて、何とでも言えるわ。そんなにこの子が大事だと言うのなら、この子の代わりにあなたの大事なものを差し出しなさい』

花嫁はそう叫ぶと、再び亡者を操ろうとする。

刀を構えながら、清志郎は考えた。文子の代わりに差し出せる大事なものなど、存在するのだろうか。

着物の懐を探ると、札入れに付けている根付に気がついた。

ああ、これは大事なものだと、清志郎の胸がざわめく。そんなふうに思うほどには大事なものだから、差し出すに足るものかもしれない。

「大事なものとして、この根付を差し出す。これは俺の親が遺したものだ。そいつは死んだ……形見のようなものだ」

根付を差し出して清志郎は言う。

それは木彫りのカエルで、子供の頃にもらったとき、「カエルだから帰る——つまりさ、財布にでもつけていたら、もし落としてしまってもこの根付のおかげで手元に返ってきそうだろ？」などと言われていたものだ。

秀雄がいなくなってから、無意識にそれを彼の帰還に結びつけていたように思う。もし本当に彼が死んでいるのなら形見でもあるから、本当は手放したくない。

だが、花嫁の顔から生者の頃の面差しは剝がれ落ち、再び凶悪な亡者の顔になる。

『そのようなものでは代わりにはならない！』

「い、たっ……」

体を乗っ取ろうとしているのか、花嫁は文子の肩を激しく摑んでいた。

痛がる文子に動揺したが、そばに寄ろうとすると再び動き出した亡者に道を阻まれた。

「どけっ！」

清志郎が動いたのが先だったのか、侍が先だったのか。

刀をふるって道を開く。

斬って、斬り伏せ、蹴り飛ばして進むうちに、襟元が乱れて懐に入れていたものが出てきてしまった。

買ってきた菓子だと思い出し、清志郎はそれを摑む。

「これは俺が文子のために並んでまで買ってきた流行りの菓子だ！　文子を喜ばすために買ったから文子の次に大事なもんだ！」

花嫁の顔面に投げつけると、一瞬怯（ひる）んで隙ができた。その隙を見逃さず、清志郎は文子の手を引いて走り出す。

亡霊たちの動きを止められたのは、やはり寸（すん）の間だけだった。それでも、文子を取り戻せたことは大きい。

清志郎は、思いきり走る。とはいえ、文子は花嫁衣裳を着ているから、そんなに早くは走れない。それでも、どうにか手を引いて走らせる。

だが、走りながらふと大変なことに気がつく。

「どうやって戻ればいいんだ？」

隣を走る文子に問えば、彼女も不安そうに首を振る。だが、そのあと清志郎の背後に視線をやり、何かに納得したように頷いた。

「お侍さんが、斬ってくれるそうです！」

「斬る？」

理解できなかったが、走りながら勝手に体が動いた。握りしめた刀が、虚空を真横に切り裂く。

裂け目の向こうは、闇だった。勝手に体が動いてやったことだから、これが何を意味するのかわからない。

「この裂け目に飛び込めと言っています」

文子に言われ後ろを振り返ると、侍が身振り手振りで早く行くよう示していた。

それと一緒に、背後に迫りくる亡者の群れが見えた。

生者である清志郎たちと比べ進んでくるのは遅いとはいえ、このまま走り続ければ体力が先に尽きるのはこちらだ。もうかなり距離を詰められている。

決断を迫られていた。

「……亡者に捕まるのと、得体の知れない穴に飛び込むの、どっちがマシなんだろうな？」

困り果て、清志郎は文子に尋ねた。自分ひとりでなら迷わず選ぶだろうが、彼女を守らねばと思うと即断できなかった。

「清志郎さんと一緒なら、どちらでも！」

文子は少し悩んでから、そう力強く言った。その意思を伝えるために、清志郎の手を強く握ってくる。

彼女のまっすぐな目を見て、迷いが晴れた。清志郎は速度を上げ、目の前の裂け目に向かう。

「飛び込むぞ！」

「はい！」

清志郎は文子を庇うように胸に抱きかかえると、思いきり裂け目に向かって飛んだ。

「くっ……」

無理やり切り裂いたからか、裂け目は通り抜けるのにものすごく抵抗があった。押し潰されるかのような圧力を感じて、自然と文子を抱く腕に力が籠もる。

ぐっと押し込むように体を動かしてみると、空間が押し広がる感覚があった。来たときと同じように、ぬるりと移動する手応えを感じた次の瞬間、ポンッと宙に放り出されたのがわかった。

理解した瞬間、清志郎は受け身を取るために心持ち体を丸める。決して文子に痛い思いをさせまいと、覚悟を決めた。

地面にぶつかると思うと同時に、ぐるんと体を反転して衝撃を殺す。しかし、痛いものはやはり痛い。

それでも、どうにか体を起こした。

「……蔵に戻ってきたか。一体どういう原理なんだ」

「清志郎さん……」

蔦野家の蔵に戻ってきたのを確認してほっとしていると、文子が驚いた顔で見つめてきた。もう白無垢姿ではなく、いつもの彼女の姿に戻っている。

「大丈夫か？　どこか痛むか？」

「いえ、大丈夫です。でも、お面にヒビが……」

「あ……」

驚いた彼女に指摘され、清志郎は自分の顔に触れた。すると、指が触れた部分から、ぱっくり面が割れてしまった。

これまで、人前では決して外すことのできなかった面が、顔から剝がれ落ちたのだ。

「清志郎さんのお顔……」

「……見苦しいものを見せてすまない。すぐに別のものを用意する」

文子に覗き込まれ、咄嗟に顔をそらした。長らく人前に顔を晒していなかった気恥ずかしさもあるが、それよりも顔を見られて嫌われたらどうしようという恐怖が勝った。

母は、父に似たこの顔が嫌いだと言って憎んだ。文子ももしかしたら、憎むようになるかもしれない。

そう思って恐れたのに、文子は笑っていた。

「見苦しいなんてとんでもない……ああ、ほっとしたら、笑いが出てきてしまいました」

彼女はそんなことを言って、おかしそうに笑う。彼女の笑い声を聞いたのは初めてで、清志郎は驚いてつい振り向いてしまった。

「……俺の顔は、どうだ？　嫌じゃないのか？」

振り返っても、文子がじっと見てくるから、恐々としながら尋ねる。こんなことを聞くなんて己は何とふがいないのだろうと思ったが、聞かずにはいられなかった。

「初めて見るのに、清志郎さんのお顔だな、と思いました。きっとこんなお顔なのだろうと想像していたとおりでした」

少し恥ずかしそうにはにかんで文子は言う。その様子があまりにも愛らしくて、清志郎は頬が熱くなるのを感じていた。

ドキドキしてしまうのは、安心したからだけではない。それがわかるから、より一層照れてしまう。

「どうにか連れ戻せた。お互い戻って来られてよかったな。……並んでまで買ったマドレーヌを無駄にしてしまったのは、本当にすまなかった」

「マドレーヌを投げてしまうなんて……ふふ……あー、おかしい」

「なぜ笑う？」

「いえ、だって……」

　文子は笑いのツボにはまってしまったらしく、それからひとしきり笑っていた。笑われるのは複雑だが、控えめな彼女の笑い声を聞いているのは嫌な気分ではないため、笑うままにしておいた。

「本当に、抜けるべきときが来れば抜ける刀だったのだな」

　ふと、自分が刀を抜き身のままにしていたことに気づき、急ぎ鞘にしまった。もう一度抜こうとするが、やはり抜けなくなっていた。それにより、ひとまず危機は去ったのだと理解する。

「清志郎さん、刀を使える方だったのですね。お見事でした」

　ひとしきり笑った文子が、感激したように清志郎を見つめる。キラキラの眼差しを受けて満更でもない気分だが、正直でないのは誠実さに欠ける気がして、事情を打ち明けることにする。

「いや、これは……刀を抜いたら侍が俺の体を操ってくれてだな……だから、俺自身に剣術の覚えがあったわけではないんだ」

「そうなのですか？　お侍さんも、助けに来てくださってありがとうございます」

正直に打ち明けたはいいが、文子が素直に侍に感謝するのも癪だ。彼女の視線の先を見るも、また清志郎の目にかのものは見えなくなってしまっている。だから、侍が文子にどんな反応をしているのかわからないのだ。

人ならざる者にすら嫉妬するほど、彼女のことが大事になってしまっていることに気づかされた。遠ざけよう、線引きをしようなどと考えていたが、今更そのようなことができるわけもない。

「すまなかった。今回のことは、俺がきちんと説明していなかったのがいけなかった」

自分の浅慮(せんりょ)により、文子を危険に晒したのは間違いない。だから、謝罪した。

それから、あの嫁入り道具がいかなる所以(ゆえん)のあるものだったのかを説明する。

「事情を深く知れば、あんたが同情してしまうと思った。怨念に同情しても、危険なだけだから、遠ざけたかったんだ。だが、そのせいでかえって危ない目に遭わせてしまったな……すまない」

「いえ、清志郎さんが悪いわけでは……私も、油断しておりました。なぜだかひどくあの道具を見たくなったのも妙でしたし、蔵に鍵がかかっていなかったのも変だと、本当はわかっていたのです」

「俺も鍵は締めたのだが……鍵を開けて蔵にあんたを招き入れられるほど、あの花嫁の霊は力が強かったのだな」

　無事に帰ってこられたことで、いかに危険な目に遭っていたのかを理解した。文子も恐ろしいのか、そっと自分の肩を抱いている。

「あんたを幸せにすると約束したのに……いや、せめて居場所になってやると約束したのに、危険な目に遭わせてしまったな。もう、ここにいるのは嫌になったか？」

　茂との約束があったから迎え入れたわけだが、その約束で文子を縛りつけたいわけではない。もし、こんなところは嫌だと言うのなら、もっと安全に、幸せになれる場所を責任持って探してやるつもりだ。

　彼女との日々にすっかり居心地の良さを感じてしまっているから、離れることを考えると胸がチクリと痛む。

　しかし、文子は迷うことなく首を横に振った。

「確かに今回のことは恐ろしかったですが……私、ここに来てとても幸せです。初めて、『ここにいてもいいのかもしれない』と思えたのです」

　ほんのり頬を染めて言う文子を、清志郎は愛しいと思った。これが男女の機微なのか単なる庇護欲なのかはわからないものの、ここへ来たとき傷ついた小鳥のようだった彼女が、今はここを安心できるとまり木のように思ってくれているのが嬉しい。

「ここにいるだけで、あんたが安心できるというのなら、よかった。……他にも、欲しいものやしてほしいことがあったら言ってくれ」

蔦野家に迎え入れてからずっと思っていたことだが、それをようやく言葉にして言えた。

すると、文子はまたさらに頬を赤くしてはにかむ。

「それでは……名前を……名前で呼んでください」

「え」

「先ほど、初めて名前で呼んでいただけて嬉しかったです」

改まってお願いされることがそのような内容とは思わず、清志郎は面食らった。おそらく、普通であれば何でもないことだ。だが、これまで意図的にして呼んでなかったのを急に呼ぶのも難しいし、何よりこんなふうにねだられると照れてしまう。

それでも、本人が呼んでほしいと言うのなら、呼んでやらねばならないだろう。

「ふ、文子……こんな簡単なことだけでなく、ほら、菓子がほしいとかあるだろう。マドレーヌも、また並んで買ってやるからな」

ただ名前を呼んだだけなのに、清志郎はひどく心がかき乱されるのを感じていた。だが、決して嫌な感覚ではない。

呼ばれた文子も、まるで熱くなったのを冷ますかのように、両手を頰に添えていた。

「……甘いものはしばらくお腹いっぱいです」

「そ、そうか」

文子がそんなふうに照れるから、清志郎もますます照れてしまった。

そのままふわふわとした空気に包まれかけたが、清志郎は重大なことを思い出す。

「早くここから出よう。あの嫁入り道具については、その筋に強いという寺に話をつけてある。近日中に片を付けるから、それまで厳重に鍵をかけて封鎖だ。いいな？」

「はい」

「それでは、出よう」

促せば、文子はひとりでも蔵を出ただろう。だが、清志郎はそうせねばならないという気がして、彼女の手を取る。そして念のため、刀掛けには戻さず、侍の刀も反対の手に握る。

「ふふ……お侍さんもついてくるのですね」

「ついてきているのか？」

「はい。……私たちのことを見て、何だかニコニコしています」

「笑うな！」

文子は上機嫌で清志郎の手を握りながら、背後に視線を向けている。彼女の視線の先にいるらしい侍の姿は清志郎には見えないが、浪人風の男が二人を見てニヤけているのを想像して、何だか腹が立ってくる。

しかし、文子が嬉しそうにしているから許せる気もした。清志郎はどうやら、彼女が笑うととても嬉しいらしい。

誰にも愛されず、疎まれて憎まれて生きていくものだと思っていたのに。彼女は自分のそばが安心すると言ってくれたのだ。

それならば、一生守り抜いていこう——蔵の鍵を今度こそ厳重に締めながら、清志郎は改めて決意した。

終章

騒動の翌日、〝その筋に強い〟という寺の人たちが、件の嫁入り道具を引き取りに来てくれた。

文子も蔵からの運び出しを手伝ったのだが、彼らは手慣れているらしく、ほとんど任せることになってしまった。

その場でどうこうするのかと思って、やや不安な気持ちで見守っていたのだが、寺の人たちは引っ越しでもするかのように荷車に道具を積み込むと、厳重に布をかけて運んでいってしまった。

それまで、肌がピリピリするような不穏な気配を感じていたのに、布をかけられてからはそれがピタリと止んで、運ばれていってからは蔵に静けさが戻ってきた。何やら常ならぬ気配に満たされていたのだと、そのとき改めて理解した。

「お寺に運ばれて、それからあの道具はどうなるのですか？」

文子は、ひと仕事終えて疲れた様子の清志郎に尋ねた。

心を寄せてはならないと言われているものの、やはり不幸な背景を持つあの道具の行く末は気になる。

「あれはもうただの道具ではないから……供養されるんだ。害をなすからというより、憑いている魂を眠らせてやらねば気の毒だからな」

「供養……そうですか」

具体的にはどうするのかと尋ねかけて、やめにした。清志郎が言葉を濁したのには、文子への配慮があるのだろう。

籠ってしまった念や憑いているものだけをどうにかして、道具としては残してやりたいというのが文子の思いだったが、当然それがままならぬこともあるだろう。持ち主の魂と共に役目を終えるというのなら、それは仕方がない。

「住職に、蔵を片づけるよう言われてしまった。一つひとつは悪いものではなくとも、これだけ無秩序な状態では具合が悪いと」

「……ようは、散らかっているということですか？」

「そうだな。戸田あたりがポンポン持ち込むから物が増えてしまっているし、何より秀雄の蒐集癖（しゅうしゅうへき）もひどいものだったから……片づけるか」

「はい」

荷物を持ち出すために扉を大きく開けていたから、蔵には陽光が射していた。そのため、日頃見えない散らかり具合や埃まで見えてしまって、二人はうんざりしつつもやる気を出すしかなかった。

それから数日かけて、文子と清志郎は蔵の中を徹底的に整理し、掃除していった。

梅雨入り前独特の湿った空気の中での掃除は、本当ならば不向きだろう。だから、二人が襷掛けまでして張り切って掃除をする姿を見かけたトキとハナが、何事かと訪ねてきたほどだ。

「蔵にあるものを把握できなくては、いざ泥棒が入っても気づかない恐れがあるからな」

清志郎はそんなことを適当に答えて、親切なご近所さんたちを納得させていた。トキもハナも納得したというよりも、清志郎と文子が仲良く並んで掃除をする姿を感慨深そうに見て帰ったというほうが正しいのかもしれない。「清ちゃん、男前だったのね！」「美男美女夫婦だわ！」とはしゃいでいたから、蔵掃除をしていることより、ようやくお目見えした清志郎の顔のことのほうがよほど気になったのかもしれない。それでも、長居せず帰ってくれるあたりいい人たちだ。

古道具やガラクタの運び出しと掃除は大変だったが、文子は楽しくてたまらなかった。あれやこれやと清志郎と言葉を交わしながら作業をするのは初めてのことで、こういう時間を通じて夫婦になっていくのだと感じたからだ。

そして、蔦之庵の蔵にどんな道具が眠っているのかを知ることは、それらのものにもう一度価値を見出す好機だと文子は考えていた。

道具は、使われてこそだ。形を損なわず百年を経ると付喪神となるのかもしれないが、だからといって使われず放置されるのは道具として幸せではないはずだ。

この世に自分の居場所がないと感じ、いつも心細かったからこそ、文子は道具にも心を寄せる。道具にも思いがあって願いがあると知ったから、それを視たり感じたりする自分がなるべく叶えてやりたいと、そう思うのだ。

せっかく清志郎のもとへ嫁いできたのだから、古道具屋の妻として役に立ちたい。そういう意識が芽生えたからこそ、掃除はただの掃除ではなくなった。

「それじゃあ、片づいたところだし、何か外に食べに行くか」

蔵の鍵を締め、清志郎が言った。

外に食べに行く、つまりお出かけのお誘いだとわかり、文子はすぐに嬉しくなる。

「え？　いいのですか？」

「これまで俺が人前で食事ができなかったからな」

「お面が取れましたものね」

あの騒動のとき、清志郎の顔を隠していた翁面は割れてしまった。

それ以来、こうして彼の素顔と共に暮らしている。食事も一緒に摂るようになったが、この姿で出かけたことはまだない。

「せっかくだから、街まで出よう」

「そ、それなら、洋食屋さんに行ってみたいです！」

文子は、以前トキとハナから聞いていたポークカツレツやオムライス、ライスカレーのことを脳裏に思い浮かべていた。いつか食べてみたいと思っていた。そして、清志郎と一緒に行きたいと思っていた。

「いいな。俺も秀雄から話は聞いていたが、食べに行くことはできなかったからな」

「では、支度をしてきますので！」

はしゃぎ回りたい気持ちを抑え、文子は母屋に戻った。街へ行くのだ。一緒に食事をするのだ。適当な格好ではいられない。

手持ちの着物を何着か並べ、悩んだ末にこれまで可愛いと思いつつも、自分には少し派手だと気後れしていた紫色の着物を選ぶ。

白い大柄の花模様が散っていて、可愛くもあり艶っぽさもあるのが素敵だと思っていたのだ。

淡い色の帯を合わせることで柔らかな印象になる。

着物を着替えると、文子は鏡台の前に腰を下ろした。

着物の着付けは毎日のことだからいいのだ。問題は髪結いと化粧である。

髪型は、やはりマガレイトにしようと思っている。以前清志郎が「縄みたいでいいな」と言っていたから。褒め言葉としてはいかがなものかと思うが、彼が褒めてくれたことが嬉しい。

この髪型は難しくはないのだが、慣れるまで手間がかかる。そして、日々の生活には不向きなため、慣れるほどにはまだこの結い方の練習ができていなかった。

三つ編みを輪っかにして留めるだけなのだが、自分の後ろは見えないため、三つ編みを作るのがまず大変なのだ。

それでも何とか結い終えると、仕上げにリボンの飾りをつける。清志郎に買ってもらって、まだ一度しかつけていなかった。

「……よし」

リボンを飾った姿を改めて鏡で見て、文子はにっこりする。こうして日常的に使うようになってから、鏡台はかつての〝思い出〟を映し出すことはない。

「どうしようかな……」

化粧道具も、最低限は揃えているのだ。しかし、自分にはまだ早いような気がして、紅を差すことすらためらわれていた。

せっかく着飾ったのだから、化粧もしたほうが良いのだろう。

肉色白粉と呼ばれる、肌なじみのいい白粉だから軽い気持ちでポンポンとはたけば良いのだと店員に教えられはしたが、不慣れな文子はそれだけのことでもドキドキしてしまう。

（清志郎さんの隣に並ぶのだから、少しでもきれいでいたいもの）

白粉のあと、紅をちょんと唇に乗せて見て、文子は自分の姿を改めてつぶさに確認する。ほんのわずかでも、おかしなところがあっては嫌なのだ。

ひどい醜男だとかなんだとか噂されていた清志郎だったが、その面の下から現れたのは涼し気な美貌だった。トキやハナが大騒ぎするほどの色男ぶりで、自称俳優似の戸田と比べても本当に端整な顔をしている。

文子の父も容姿で見初められるほどの美形だが、それとは異なる美しさを清志郎は持っている。

だから、文子はこれまでと違った意味で彼の姿にドキドキしているし、隣に立つ者としてふさわしくありたいと思うようになった。

「どうしよう……何か物足りない気がする」

鏡の前で何度も確認しても、文子は自分の装いに満足できずにいた。くるくると正面も後ろも確認していると、襖の向こうで控えめな呼びかけがあった。

「まだか？　何か困り事か？」

「あ……支度自体はすでに終わっていますが、おかしくないだろうかと不安になってしまって」

文子の返事を聞いて、襖がゆっくりと開かれた。文子の姿を目にした清志郎は、柔らかく目を細める。

「なんだ、可愛いじゃないか」

「そうですか？　物足りなくないですか？」

「俺には女の装いのことはわからんが、文子は美人なんだから何をしたって可愛いさ。心配するな」

「……っ！」

さらりとした褒め言葉に、文子は顔からボンと火を吹くのではないかと思うほど照れてしまった。

彼は翁面と一緒に、気難しさも脱ぎ捨ててしまったらしい。これまでも優しかったが、今はさらに優しい。というより甘い。

彼がこんなふうに褒めてくれるたび、文子はまるで甘いものを食べたみたいな気分になる。

「……私、美人なのですか？」

「なんだ、知らなかったのか？　文子は誰が見ても美人だ」

これまで光代に嫌味ったらしく言われたり、戸田のような人に挨拶代わりに言われたりしていたから、てっきり本来とは別の意味なのだと思っていた。

だが、清志郎に言われると己は美人で可愛いのかもしれないと、心の中の萎みきっていた自尊心がくすぐられる。彼がそう言ってくれるのなら、自惚れてもいい気がしてくる。

「別におかしなところはないから、文子がもういいのなら行こうか」

「はい」

仕上がりへの不満は、彼の言葉ですっかりなくなってしまった。文子は素直に頷いて、清志郎の後ろを歩く。

それから二人は坂を下って、路面電車に乗って街まで出た。

大きな街は人が多く、不慣れな文子は驚いてしまった。だが、清志郎が当たり前のように手を引いてくれるから、恐れることなく進んでいける。

初めて入る洋食屋も、彼が連れて行ってくれたからお洒落なドアをくぐるときも気後れしなかった。

「そんなに難しい顔をして……何でも好きなものを頼んでいいぞ」

店に入り、席についてから、文子はメニュー表とにらめっこして困り果てていた。そこに並んでいるのは、名前だけしか知らない料理ばかり。中には、名前も知らないものもある。

行ってみたいと思っていたのに、いざ来てみるとどうしたらいいかわからず、目を白黒させてしまう。

「好きなもの……清志郎さんは、何にするか決めたのですか？」

自分の好きなものは何だろうと考えると、文子の胸には何も浮かばない。何が好きかを語れるほど、己には経験がないことをこの頃噛み締めている。

だから代わりに、清志郎の好きなものが知りたかった。

「俺はライスカレーにしようかと思っている。秀雄から聞いていて、気になっていたんだ」

「では、私もそうします」

文子の答えを聞いて、清志郎は目元を柔らかくした。彼の切れ長の目元が笑みの形になるのを見るのが、文子は好きだ。

そのあと、運ばれてきたライスカレーを二人で食べて、「おいしい」「辛い」と言い合って、食べ終わる頃にはほんのり汗をかいていた。

初めて食べる味だし、他の何にも似ていないが、文子はライスカレーが好きになった。

「このあとは、どうする？　何か甘いものでも買いに行くか？」

店の外へ出ると、再び当たり前のように手を引いてくれる清志郎が尋ねる。彼は何かと文子に甘いものを買ってくれようとするのだ。

文子の脳裏には、食べ損ねたマドレーヌのことが浮かんだ。おいしいという話を聞いて気にはなっていたが、並ばないと買えないと言っていたことを思い出して、やっぱり止めにしようと思う。

せっかく清志郎と出かけたのに、長いこと列に並んで過ごさねばならないのは何だかもったいない。

それに、甘いものと聞いて文子の中には、もうしっかり〝好きなもの〟がある。

「それなら、帰りにあんこ玉を買ってください」

文子がにっこり笑って言うと、清志郎も微笑みで返した。

あとがき

このたびは本書をお手にとっていただき、ありがとうございます。

今作は架空の日本っぽい世界観を舞台に、和風『美女と野獣』をテーマに書きました。

清志郎は野獣ではありませんが、本当の姿を見せることができないというのは野獣と共通しています。そして、ワケありだというのも。

文子は恵まれない境遇、そして特異な体質をしているため、これまでつらい人生を送ってきました。

二人とも事情を抱えているため、〝人間〟がとても下手です。人間力が低いとでもいうのでしょうか。

そんな人間力が低い二人が、少しずつお互いを理解していく中で惹かれ合い、生きるのが上手になっていくというお話でした。

不器用な彼らを支えるために、周囲には魅力的な人たちを配置しました。トキさん、ハナさん、戸田、それから秀雄。刀に憑いているお侍さんもいい味出してますよね。彼らのことも清志郎や文子ともども好きになっていただけたら嬉しいです。

不思議な話、ちょっと怖い話などが好きなので、古道具に絡めてそういったお話を書くことができて楽しかったです。拙作『こんこん、いなり不動産』や『拝み屋つづら怪奇録』がお好きな方には気に入っていただけたのではないでしょうか。未読の方は、ぜひこれらの作品もお楽しみください！

今作は桜花舞先生に表紙のイラストをご担当いただけて、私は完成前から楽しみでした。何を隠そう、私は桜花先生のファンなのです。縁あってこうして表紙をご担当いただけて、とても嬉しいです。皆さんもしっかり美しい表紙イラストを愛でてくださいね！　細部まで本当に凝って描いていただいています。

完成まで支えてくださった関係者の方々、ありがとうございました。『拝み屋つづら怪奇録』の頃からの方々とこうしてまた新しい作品を作れたことを、本当に嬉しく思っています。

読んでくださった皆様にも、とびきりの感謝を。

また別の作品でお会いできますように！

猫屋ちゃき

この物語はフィクションです。
実在の人物、団体等とは一切関係がありません。
本書は書き下ろしです。

猫屋ちゃき先生へのファンレターの宛先

〒101-0003　東京都千代田区一ツ橋2-6-3　一ツ橋ビル2F
マイナビ出版　ファン文庫編集部
「猫屋ちゃき先生」係

古道具屋蔦之庵の夫婦事情

2024年6月20日　初版第1刷発行

著　者	猫屋ちゃき
発行者	角竹輝紀
編　集	須川奈津江
発行所	株式会社マイナビ出版
	〒101-0003　東京都千代田区一ツ橋2丁目6番3号　一ツ橋ビル2F TEL 0480-38-6872（注文専用ダイヤル） TEL 03-3556-2731（販売部） TEL 03-3556-2735（編集部） URL https://book.mynavi.jp/
イラスト	桜花舞
装　幀	雨宮真子＋ベイブリッジ・スタジオ
フォーマット	ベイブリッジ・スタジオ
ＤＴＰ	富宗治
校　正	株式会社鷗来堂
印刷・製本	中央精版印刷株式会社

 ISBN978-4-8399-8614-8
Printed in Japan

Fan
ファン文庫

こんこん、いなり不動産

著者／猫屋ちゃき
イラスト／六七質

「第2回お仕事小説コン」特別賞！
不思議なご縁に導かれ、家探し…？

「お風呂が、うんと汚いお部屋をお願いします」
キツネ顔の社長が営む、稲荷神社近くの不動産屋には、
あやかし達が訪れて―。下町ほのぼのストーリー！